왜 자꾸 나만 따라와

왜 자꾸 나만 따라와

최영희
이희영
이송현
최양선
김학찬
김선희
한정영

㈜자음과모음

차례

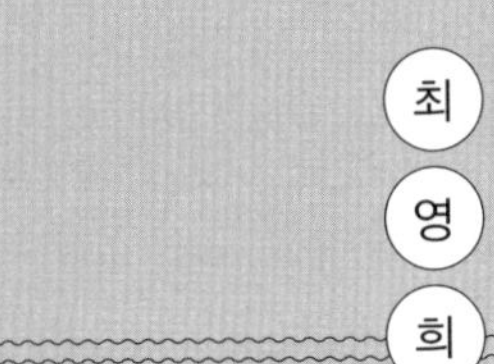

최영희

누덕누덕 유니콘

최영희

『어린이와 문학』을 통해 글을 발표하며 작품 활동을 시작했다. 「똥통에 살으리랏다」로 푸른책들 푸른문학상을, 『꽃 달고 살아남기』로 창비청소년문학상을 수상했다. 지은 책으로는 『현아의 장풍』 『너만 모르는 엔딩』 『구달』 등이 있다. 그 밖에 황금가지 ZA문학상 우수작, 한낙원과학소설상, SF어워드 우수상 등을 수상했다.

1

내가 태어나던 날 동북쪽 상수리 숲에서 퍼슬이 태어났다.

내가 젖을 뗄 무렵 퍼슬도 젖을 떼고 스스로 도토리를 줍기 시작했고, 내가 유아 풀장에서 안전판 없이 첫 배영에 성공했을 즈음 퍼슬도 강을 드나들며 물고기를 사냥했다. 그리고 내가 초등학교 운동장의 정글짐 꼭대기를 정복하던 날…….

퍼슬은 처음으로 내 앞에 모습을 드러냈다.

나는 녀석의 존재에 대해 아는 바도 들은 바도 없었다. 그래서 잿빛의 털복숭이 거대 설치류가 도토리를 던졌을 때 얼굴부터 찌푸렸다.

"어후, 저게 뭐야!"

녀석은 정글짐을 향해 연거푸 도토리를 던졌다. 그것도 이제껏

볼에 물고 있던 축축한 걸 말이다. 팅팅! 도토리는 정글짐 바에 부딪쳐 어디론가 날아갔다. 퍼슬을 알아본 건 카일리였다. 카일리는 정글짐에 거꾸로 매달린 채 소리쳤다.

"맙소사! 퍼슬이잖아! 저 징그러운 녀석이 여긴 왜 나타난 거지?"

"퍼슬이 뭔데?"

누군가가 되묻자 카일리는 몸을 일으킨 뒤 정글짐에서 훌쩍 뛰어내렸다.

"공생동물이야. 유전자 설계로 인간이랑 짝을 지어서 태어나는 반려동물."

공생동물이라면 우리도 아는 거였다. 공생동물 유니콘을 입양하는 건 누구나 꿈꾸는 일이니까. 나와 같은 날 태어나서 나만 사랑해 주고 평생 내 곁을 지키다가 내가 죽는 날 같이 눈을 감는다는 유니콘 말이다. 하지만 운동장 가장자리에 서 있는 녀석은 유니콘과 닮은 구석이 눈곱만큼도 없었다. 녀석은 강가의 포식자로 알려진 뉴트리아와 닮은꼴이었다. 어디 시궁창을 누비다가 왔는지 정수리와 등은 개흙 범벅이었고 툭 튀어나온 앞니는 어린애들의 손가락 따위는 우습게 끊어 버릴 듯 위협적이었다. 그런 녀석이 절대 공생동물일 리 없었다. 똘똘하기로 소문난 카일리였지만 그때만큼은 카일리의 말을 믿기 어려웠다.

퍼슬이 다가왔다.

네발로 5미터쯤 기어오다가 정글짐 밑에 다다르자 다시 두 발로 우뚝 섰다. 그러고는 누가 막을 새도 없이 정글짐을 타고 올라오기 시작했다. 아이들은 기겁하며 정글짐에서 뛰어내렸다. 하필 맨 꼭대기에 앉아 있던 나는 발이 묶이고 말았다. 퍼슬이 정글짐을 뱅뱅 돌며 올라오는 바람에 녀석과 부딪치지 않으려면 한 번에 뛰어내리는 수밖에 없었다. 하지만 여덟 살짜리가 훌쩍 몸을 날리기엔 정글짐은 너무 높았다.

"강재하, 얼른!"

카일리가 저 아래서 발을 동동거렸지만 때는 이미 늦었다.

퍼슬은 벌써 내 옆에 도착했으니까. 아이들 몇이 선생님을 데리러 가고, 카일리는 급한 대로 운동화를 벗어 던졌다. 하지만 신발은 정글짐 꼭대기에 미치지 못하고 정글짐 안쪽 어딘가로 떨어졌다. 나는 진공 팩에 갇힌 것처럼 굳어 있었다. 야생동물에 물려 죽은 사람들 이야기가 언뜻 뇌리를 스쳤지만 나중엔 그마저도 휘발되어 머릿속은 백지가 돼 버렸다.

나중에 카일리는 그때 내가 꽤나 담담해 보였다고 일러 주었다. 멀리서 봤을 땐 그랬을지도 모른다. 흔한 비명 한 번 지르지 않았으니까. 녀석이 그렇게 만든 거였다. 퍼슬은 정글짐 중턱에서부터 나를 빤히 보며 올라왔던 것이다. 이 학교, 이 정글짐에서 오직 강재하 너한테만 볼일이 있다는 듯 말이다. 나는 그 눈빛에 완벽하게 제압당하고 말았다. 퍼슬이 입에 물고 있던 왕도토리를 내밀었을 때 손바닥을 내보였던 것도 그래서였다. 그 뜨듯하고 축축한 도토리를 거절하면 놈이 날 찢어발길 것 같았다.

코앞에서 본 녀석은 엄청나게 컸다. 60센티미터는 됨직한 키에 푸둥푸둥한 몸통. 퍼슬은 내 손에 놓인 왕도토리를 보다가 다시 나를 보았다. 나는 뭘 어째야 좋을지 몰라 손바닥에 도토리를 올려놓은 채 와들와들 떨고만 있었다. 그러자 녀석이 볼에서 또 하나의 왕도토리를 꺼내어 내 손에 놓았다. 작은 앞발과 검고 뾰족뾰족한 발톱이 내 피부를 스쳤다. 나는 눈을 질끈 감아 버렸다.

다시 눈을 떴을 때 퍼슬은 사라지고 없었다.

그제야 서서히 숨통이 트이면서 참았던 울음이 터졌다. 녀석의 침으로 범벅된 도토리는 저 아래 인공 잔디밭으로 떨어뜨렸다. 체육 전담 선생님이 달려와 나를 정글짐에서 안아서 내려 주었다. 나는 두어 시간 전에 먹은 급식 우유를 다 토해 냈고, 아빠가 데리러 올 때까지 보건실에 누워 있었다.

그리고 오늘, 공생동물 포기 각서를 앞에 두고 나는 그날의 왕도토리 두 알을 떠올렸다.

7년 전 그날 너는 왜 나를 찾아왔을까.

너에 대해 아무것도 모르는 나를 뭐 하러 보러 왔을까.

"유니콘을 입양하려면 먼저 퍼슬을 포기해야 합니다. 법적으로 공생동물은 1인당 한 마리만 가능하니까요."

공생동물 입양 신청처 직원이 재촉했다. 곁에 서 있던 아빠도 물끄러미 나를 보았다.

"강재하, 너 왜 머뭇거려? 정말로 유니콘을 갖게 된다니까 너무 벅차서 그러니?"

"그게 아니라……."

내가 말끝을 흐리자 직원이 빙긋 웃었다.

"혹시 늦었다고 생각하는 거예요? 보통은 인간과 공생동물이 같은 날 태어나도록 설계해서, 열 살쯤 데려오니까. 하지만 걱정 마세요. 유니콘은 온순하고 똑똑해서 자기 주인이 누군지 각인만 시키면 입양 시기는 별 상관이 없습니다."

"그게…… 내가 포기 각서에 사인하면 그 퍼슬이 어떻게 되는지 궁금해서요."

"그 점은 걱정 마세요. 일주일 이내로 사냥꾼이 상수리 숲을 찾아갈 겁니다. 파양된 퍼슬은 처리하는 게 원칙이거든요. 유니콘의 경우는 파양되어도 곧 입양 대기자들이 워낙 많아서 별문제 없지만 퍼슬은 사실상 공생동물 지위를 박탈당한 상태라, 뒤처리가 빠른 편입니다."

"공생동물 지위를 박탈당했다는 게 무슨 뜻이죠?"

아빠가 되물었다.

"15년 전 재하 군의 어머니가 입양 신청을 하고 3년 뒤에 다른 분이 또 입양 신청을 한 게 마지막이거든요. 그 뒤로는 한 건의 입양 신청도 들어오지 않았어요. 퍼슬은 유니콘과 마찬가지로 번식

능력이 없어서 생물 종으로 자리 잡지는 못했습니다. 그런데 입양 신청마저 없다면 존재 이유가 없는 거죠. 사실 이번 달 말일로 퍼슬의 처분 문제는 공생동물 관리국에서 야생동물 관리국으로 이관됩니다. 그리고 야생동물 관리국에선 장기적으로 상수리 숲을 없앨 계획이라 들었습니다. 뭐, 어쨌거나 퍼슬이 재하 군을 성가시게 굴 일은 없을 겁니다."

2

카일리에게 문자가 와 있었다.

— 유니콘 입양 신청 축하해!

유니콘 입양 신청이 완료된 게 아니라 퍼슬 파양 절차를 마쳤을 뿐이라고 정정해 주었지만 카일리는 막무가내였다.

— 이따 6시에 슈가볼에서 봐. 기념 파티 해야지.

슈가볼은 샛강 공원에 있는, 공생동물 입장이 허락된 디저트 카페였다.

하는 수 없이 시간에 맞춰 자전거를 끌고 나섰다. 동네 어귀에서 마주친 카일리네 엄마도 같은 소릴 했다.

"유니콘 입양한다며? 축하해, 재하야. 나중에 우리 집에도 데리고 와."

나는 어정쩡하게 감사의 말을 남기고는 샛강 쪽으로 자전거를 몰았다.

거리 곳곳에 유니콘이 있었다. 15년간 나만 없던 유니콘…….

유니콘은 중형견 크기로 개량된 공생동물 백마였다. 녀석들은 희고 부드러운 갈기를 휘날리며 주인과 발을 맞추었다. 또각또각 우아하게 땅을 차면서 말이다. 먼 하늘을 향해 곧게 뻗은 뿔은 죽순처럼 여리고 무해했다. 전통 반려동물인 개와 고양이의 장점에 신화 속 아름다움을 그대로 재현해 낸 것이 유니콘이었다. 보통의 아이들이 그렇듯 나도 나만의 유니콘을 갖는 게 꿈이었다. 다섯 살 때부터 산타를 마지막으로 믿었던 열 살 겨울까지, 1년 내내 선물로 노래를 불렀던 것도 유니콘이었다.

이제 몇 달만 기다리면 나의 산책길에도 유니콘이 함께할 것이다. 이름도 정해 두었다. 조에. 생명이란 뜻의 그리스어 조에였다. 상투적인 말인지는 모르겠지만 나는 내 생명처럼 조에를 아껴 줄 각오가 돼 있었다. 물론 입양 절차가 본격적으로 시작된 건 아니었다. 아빠가 치러야 할 최종 잔금이 아직 남아 있었고, 그 전에 퍼슬도 처리해야 했다.

샛강 쪽으로 자전거 핸들을 꺾었다.

카일리의 유니콘을 부러워하며 자전거로 둘의 뒤를 따라가는 일도 조만간 끝이 난다. 조에가 오면 이 낡은 자전거부터 내다 버릴 것이다. 조에의 발굽 소리를 들으며 같이 걷고 뛰어야 하니까.

슈가볼을 향해 자전거 속도를 올렸다. 카일리에게 물어볼 게 한 두 가지가 아니었다. 온실 공유지의 어디로 가야 조에에게 가장 보드라운 풀을 먹일 수 있는지, 집을 비워야 할 때는 조에를 누구에게 맡겨야 하는지, 조에의 흰 갈기에 얼룩이 묻으면 어떻게 씻겨야 하는지…….

하지만 카일리와의 만남은 조금 더 미루어졌다.

퍼슬이…… 거기 있었다.

여태 기다리고 있었다는 듯 나를 보자마자 엉거주춤 자전거도로로 걸어 나오는 것이었다.

"야, 너!"

하마터면 자전거를 탄 채 고꾸라질 뻔했다.

처음엔 헛것이라고, 공생동물 포기 각서에 서명할 때 잠시나마 찜찜했던 기분이 기어이 저런 환영을 만들어 낸 거라고 믿고 싶었다. 하지만 개흙투성이의 털과 녀석 뒤쪽의 젖은 발자국들을 보자 엄연한 현실이란 걸 인정할 수밖에 없었다.

한숨이 나왔다. 사실 며칠 전부터 퍼슬이 올 때가 됐다는 걸 알고 있었다. 가을이 깊어 가니까. 낙엽이 지고 여문 도토리가 떨어지는 시절이 됐으니까.

처음 만난 여덟 살, 그 가을 이후로 퍼슬은 1년에 두 번씩 멋대로 나를 찾아왔다. 한 해도 거르지 않고 봄과 가을에 내 앞에 등장했다. 등굣길에 따라붙을 때도 있었고 밤중에 우리 집 대문을 두

드리기도 했고, 오늘처럼 길가에서 불쑥 나타나기도 했다.

도시 동북쪽 외곽 상수리 숲에서 우리 동네까지 어떻게 온 건지는 늘 의문이었다. 하지만 나는 그 수수께끼를 풀고 싶지 않았다. 퍼슬의 사정 따위 알 게 뭐람. 녀석이 나를 찾아오는 용건은 하나였다. 도토리를 주러 오는 것이었다. 녀석은 해마다 침으로 축축한 도토리를 내밀었고, 내가 받아 주지 않으면 내 발치에 굴려놓고 돌아갔다. 늘 알이 굵은 도토리였다.

아니나 다를까, 이번에도 퍼슬은 도토리를 내밀었다.

그놈의 도토리!

무시하고 그냥 가려는데 문득 올해가 마지막이란 사실이 떠올랐다. 다음 주면 사냥이 시작될 테니까. 나는 자전거를 샛강 풀밭에 세워 두고 녀석에게 다가갔다.

"이봐, 퍼슬!"

내가 부르자 퍼슬은 까치발을 딛고서 도토리를 내밀었다. 왕도토리 두 알이었다. 나는 도토리를 받았다. 상수리 숲에서 주운 걸 녀석이 여태 볼주머니에 넣고 있었던 탓에 도토리는 미끄덩거리고 뜨듯했다. 나는 얼른 도토리를 점퍼 주머니에 넣고는 손바닥에 묻은 침을 바지에 닦았다. 퍼슬은 기분이 좋은지 제자리에서 서너 바퀴 맴을 돌았다. 그 모습을 보고 있으려니 맘이 불편했다. 나는 쪼그리고 앉아 퍼슬과 눈높이를 맞추었다.

"실수였어. 네가 내 공생동물이 된 건 우리 엄마가 일방적으로 진행한 일이야. 아빠랑도 상의 않고서 말이야. 날 임신한 뒤 엄마는 나한테 뭐든 해 줘야 한다는 조급증에 시달렸대. 그래서 꼼꼼하게 따져 보지도 않고서 덜컥 입양 신청을 한 거야."

당연한 얘기지만 녀석은 알아듣지 못했다. 유전자 조작으로 인간과 비슷한 기대수명을 가지게 됐어도 공생동물의 지능은 평범한 포유동물 수준이었다. 그래도 다 털어놓고 싶었다. 녀석이 이해하건 말건 내 편에서는 해명을 해야 했고, 오늘이 그 마지막 기회다. 며칠 후 상수리 숲에서 사냥꾼을 맞닥뜨리더라도 그게 내 탓은 아니란 걸 분명히 해 두어야 했다.

"형편상 유니콘은 엄두를 못 내고 값싼 퍼슬을 신청한 거지. 엄마는 내가 여섯 살 때 돌아가셨어. 갑작스러운 사고라 나한테 네 존재를 알려 주지도 못했어. 네가 내 이름으로 등록된 공생동물이란 것도 나중에야 알았어. 네가 정글짐에 다녀간 뒤에 말이야. 엄마는 열 살 생일선물로 너를 데려올 생각이었대. 공생동물 입양처에서 권장하는 나이가 열 살이니까. 아무튼 내 뜻과는 상관없이 일이 벌어졌고…… 난 널 원한 적이 없어."

퍼슬은 볼주머니에 담았던 자잘한 도토리들을 와그르르 뱉어냈다.

퍼슬은 내가 하는 말의 뉘앙스를 알아들은 눈치였다. 녀석은 작고 동그란 귀를 뒤로 젖히고는 상처받은 얼굴로 나를 보았다. 그러고는 뾰족한 앞발로 제 옆구리를 긁적이며 찍찍 소리를 냈다. 돌아가신 엄마가 원망스러웠다. 퍼슬을 입양한 아이들이 또래 집단에서, 아니 이 세상에서 어떤 취급을 받는지, 엄마는 한 번쯤 헤아려야 했다.

초등학교 시절 내내 녀석의 출몰로 아이들의 놀림감이 됐던 걸 생각하면 지금도 넌더리가 난다. 야, 네 동생 쥐 왔다. 얼른 가서 찍찍이랑 놀아 줘야지! 네 동생 이번에도 왕도토리 물고 왔냐? 그럼 오늘 저녁 메뉴는 도토리 요리겠네? 생각 없이 지껄이던 녀석들의 코를 쥐어박고 싶었다. 하지만 그 녀석들에겐 유니콘이 있었다. 하얀 갈기를 휘날리며 하굣길 주인과 동행하던, 그 작고 빛나는 유니콘들……. 그래서 나는 잠자코 있었다.

유니콘은 어린 시절 한 인간을 지켜 주는 강력한 보호막이자 결계였다. 잿빛 털의 거대 설치류를 공생동물로 가진 아이에겐 그 세계에 흠집을 낼 자격이 없었다. 차별이었지만 그 차별을 수용한 게 나였다. 곧 입양하게 될 유니콘은 조금 늦게나마 나를 그 세계에 안착시켜 줄 매개였다.

"그러니까 가. 다시는 오지 말라고."

퍼슬은 작은 앞발을 마주 비비다 말고 땅에 엎드렸다. 녀석은 샛강 쪽으로 몸을 돌리더니 풀밭을 향해 느릿느릿 기었다. 생각만큼 홀가분하진 않았지만 그래도 내가 할 수 있는 건 다 한 셈이었다. 7년 만에 혹 같던 녀석을 떼어 냈으니까. 이제 퍼슬이 풀밭을 지나 갈대밭 쪽으로 사라져 주기만 하면 끝이었다.

하지만 풀밭으로 접어들던 녀석은 이내 무언가에 쫓겨 다시 길로 튀어나왔다. 카일리의 유니콘 체셔였다. 퍼슬을 위험 동물로 인식했는지 체셔는 단단한 발굽으로 녀석을 마구 내리찍으려 했다. 갑작스러운 공격에 당황한 퍼슬은 이리저리 풀썩거리다가 풀밭에 세워 둔 내 자전거를 넘어뜨렸다.

"체셔, 이제 그만해!"

카일리가 말리고 나섰지만 체셔는 누가 승자인지 좀 더 확실히 하고 싶은 눈치였다. 자전거 체인에 뒷발이 끼어 버둥거리는 퍼슬을 발굽으로 마구 내리찍기 시작한 것이었다. 나는 퍼슬이 싫었지만 내 눈앞에서 녀석이 죽는 걸 바라지는 않았다. 죽더라도 다음 주에 상수리 숲에서 사냥꾼들 손에 죽어야 했다.

"카일리, 체셔 좀 안아!"

카일리가 흥분한 체셔를 안아 올리자 나는 자전거 바퀴에서 퍼슬의 다리를 빼 주었다. 그 순간 퍼슬이 내 다리에 들러붙었다. 처음엔 두 앞발로 내 바지를 움켜쥐더니 서서히 녀석의 발톱이 바지를 파고들기 시작했다. 내가 다른 발로 녀석의 몸통을 떼어 내려 하자 퍼슬은 찍찍거리며 더 세게 매달렸다. 바짓단 아래로 피가 흐르는 걸 알아차린 카일리가 달려와서 퍼슬을 걷어찼다. 잠시 길바닥에 나동그라졌던 퍼슬은 순식간에 다시 내 다리에 달려들었다. 나한테만 매달리면 안전해지리라 믿는 것처럼 말이다.

3

샛강에서의 일로 종아리를 스무 바늘 넘게 꿰매야 했다.

스무 바늘이란 말에 카일리는 기겁했다. 하지만 상처를 소독하는 통증에 비하면 봉합은 아무것도 아니었다. 단순히 칼에 베거나 긁힌 게 아니라 야생동물에게 입은 상처다 보니 정말 소독을 해야 했던 것이다. 벌겋게 살이 벌어진 틈새와, 살점이 떨어져 나간 부위에 소독약을 들이부을 때는 욕이 절로 나왔다.

아빠는 혀를 찼다.

"애초에 그렇게 발톱이 날카로운 짐승이 공생동물이란 게 웃기는 일이지."

나는 맞장구도 치지 않고 반론도 제기하지 않았다. 툭 까놓고 말하진 않았지만 아빠와 나는 알고 있었다. 스물네 바늘짜리 부상으로 우리 둘 다 마음의 짐을 덜었다는 것을. 물론 그 짐이란 게 결이 다른 죄책감이긴 했다. 나는 공생동물 포기 각서에 서명한 뒤로 줄곧 살인 청부업자가 된 듯한 기분에 시달렸다. 내 서명으로 퍼슬이 사냥 대상이 된 건 사실이니까. 아빠는 아빠대로 엄마가 나에게 남긴 유산을 파기했다는 사실을 미안해하고 있었다. 하지만 퍼슬의 발톱이 내 종아리를 찢는 순간 그 모든 게 해결됐다.

야생동물 관리국은 인간을 공격한 야생동물은 사살하는 걸 원칙으로 하고 있다. 그러니 퍼슬은 내가 공생동물 포기 각서에 서명해서가 아니라 인간에게 상해를 입힌 대가를 치르는 것이다. 물론 나는 샛강에서의 일을 야생동물 관리국에 신고하지 않았지만 퍼슬이 스스로 죽음을 자초한 건 사실이다. 그리고 아빠는 퍼슬의 공격성을 빌미로 당당하게 엄마의 선택을 물릴 수 있게 됐다.

"그놈이 그렇게 사나운 줄 알았으면 네 엄마도 당장 파양하라 했을 거다."

그래서 나는 환부가 욱신거려도 덤덤히 견뎠다.

다음 날은 학교를 빠졌다. 혹시 모를 감염을 우려한 병원 측에서 일주일간 등교를 자제하며 통원 치료를 받으라 했기 때문이다. 퍼슬은 너구리나 오소리, 족제비, 들개처럼 잘 알려진 야생동물이 아니었다. 도시 외곽 동북쪽 숲에 극소수의 개체만 존재하는 공생동물이었다. 그렇다 보니 퍼슬에 의한 감염이나 부상에 대해선 알려진 바가 없었다. 오래전 퍼슬을 입양한 사람들 대부분은 공생동물 연구자들이었다. 사실 놈들은 지금의 유니콘을 만들기 위한 중간 단계 실험체에 가까웠다.

그런데 왜 엄마는 입양을 신청했을까? 단순히 아빠 말처럼 어려운 가정 형편과 엄마의 조급한 성격이 쿵짝이 맞아서 벌인 일일까?

병원에 가려고 외출복으로 갈아입는데 점퍼 주머니 한쪽이 묵직했다. 퍼슬에게 받은 왕도토리 두 알이었다. 생긴 꼴은 흔한 도토리와 다를 바 없는데 크기가 어른 엄지손가락만 했다. 퍼슬이

해마다 두 번씩 왕도토리를 주고 갔지만 그걸 집에까지 가져오긴 처음이었다. 그때 종아리를 다치는 바람에 도토리를 호주머니에 넣어 두었다는 사실을 까먹은 터였다. 그렇지 않았다면 펴슬이 떠나자마자 생강가 풀밭에 던져 버렸을 것이다.

아빠가 보면 내다 버리라 할 게 뻔해서 책상 맨 아래 서랍에 도토리를 던져 넣었다. 거긴 엄마의 낡은 유품들과 사진을 넣어 두는 곳이었다. 엄마가 돌아가시고 나서 아빠는 두 명의 여자 친구를 사귀었고, 그중 한 분과는 우리 집에서 크리스마스를 같이 보낸 적도 있다. 하지만 아빠는 '엄마'의 자리만큼은 한결같이 존중해 주었다. 엄마가 나를 위해 만들었다는 머그컵은 여전히 정수기 옆에 놓여 있었고, 해마다 엄마 생일에 케이크를 사는 것도 허락해 주었다. 그럼에도 나는 나만의 추모 공간이 필요했고 그게 책상 맨 아래 서랍이었다.

건전지를 갈아 끼워도 불이 들어오지 않는 스노볼, 이제는 소용없게 된 펴슬 입양 신청서, 엄마가 코바늘로 직접 떴다는 신생아 시절 내 모자……. 왕도토리 두 알은 그 어수선하고 소중한 것들 틈새로 굴러 떨어졌다. 굳이 의미를 부여하자면 왕도토리도 엄마의 유품 가운데 하나였다. 펴슬을 내 공생동물로 고른 게 엄마니까. 그리 생각을 정리하자 입양을 결정한 엄마의 의중이 더 궁금해졌다. 입양처 직원의 말이 되살아난 건 그때였다.

"재하 군의 어머니가 입양 신청을 하고 3년 뒤에 다른 분이 또 입양 신청을 한 게 마지막……."

마지막으로 퍼슬을 입양했다는 사람을 만나면 뭔가 힌트를 얻을 수 있을지도 몰랐다.

나는 서둘러 병원부터 다녀왔다. 의사 선생님은 감염 징후는 보이지 않는다 했다. 물론 '아직까지는'이라는 단서가 붙긴 했지만 봉합 부위를 간단히 소독하고 병원을 나와서 곧장 버스를 타고 공생동물 관리국으로 갔다.

입양 신청 부서로 가자 그때 그 직원이 보였다.

"명단은 외부로 유출할 수가 없습니다."

마지막 입양 신청자를 알려 달라 하자 직원은 단호하게 대꾸했다. 하지만 나도 그냥 물러설 수는 없었다. 퍼슬은 내 인생의 수수께끼였다. 나로선 의미를 가늠할 수 없는 엄마의 선물이고 유산이었으니까. 마지막 입양 신청자는 내 오랜 의문을 풀어 줄 유일한 희망이었다.

"그럼 제 연락처를 남겨 둘 테니까 그분에게 날 만나 줄 수 있는지 좀 여쭤 봐 주세요. 엄마가 나 모르게 입양을 신청해 놓고 돌아가셨어요. 남들이 혐오 동물 취급하는 퍼슬을 왜 입양하려 했는지 궁금해요. 정말 좋은 엄마였으니까 날 위해서 뭔가를 결정했을 땐 이유가 있었을 거예요."

입양처 직원은 한숨을 쉬더니 연락처가 적힌 메모지를 받아주었다.

그로부터 나흘 뒤 마지막 입양자에게서 연락이 왔다.

4

마지막 입양 신청자는 20년 전에 국립대학에서 은퇴한 원주란 교수였다. 원 교수의 주소지는 도시에서 한 시간쯤 떨어진 고급 별장촌이었다. 원 교수는 나를 자택으로 초대하는 대신 조건이 있다고 했다.

"먼저 퍼슬에 대해 연구를 좀 하고 오세요. 시시콜콜한 것까지 설명하기 귀찮으니까."

나는 원 교수의 연락을 받자마자 시립도서관으로 달려갔다.

퍼슬에 대한 자료는 2층의 과학정보 서가가 아니라 3층 도시생활관의 반려동물 서가에 있었다. 그 와중에 퍼슬에 대한 책은 예닐곱 권밖에 없었다. 나는 『퍼슬 적응 훈련』 『공생동물 시장의 성장 가능성』 『퍼슬을 창조한 사람들』을 거쳐 『초기 공생동물 설계: 퍼슬』을 뽑아 들었다. 그 책은 유전자 편집과 설계 이론을 담고 있었다.

내 생각과 달리 퍼슬은 뉴트리아가 아니라 오스트레일리아의 쿼카에서 유래한 종이었다. 동글동글한 체형에 작은 캥거루처럼 생긴 쿼카는 인간에 대한 경계심이 없고, 표정이 웃는 얼굴처럼 보여서 관광객에게 인기가 많은 유대 동물이었다. 초기 공생동물 연구자들은 쿼카의 유전자를 건드려서 유대 동물 특유의 배주머니를 제거했다. 그런 다음 일부 조류에서 관찰되는 '각인' 현상을 연구하여, 각인과 관계된 유전자의 일부를 쿼카에게 이식했다. 그 결과 쿼카의 외형에, 특정 인간에 대한 강렬한 신뢰와 의존성을 지닌 초기 공생동물이 탄생했다. 그 후 공생동물은 동북아시아의 생태에 적응하도록 개량되어, 도토리를 주식으로 하는 잡식성 포유류 '퍼슬'이 됐다.

책에는 퍼슬들의 사진도 여러 장 실려 있었는데 야생동물들이 그렇듯 죄다 비슷비슷해 보였다. 나를 찾아오던 그 녀석을 퍼슬 무리에 섞어 두면 골라 낼 자신이 없었다. 물론 굳이 식별해 내야 할 이유도 없었다. 녀석은 이제 서류상으로도 나와 무관한 존재였고, 며칠 후면 상수리 숲에서마저 치워질 존재였다.

『초기 공생동물 설계: 퍼슬』의 마지막 부분은 색인과 부록 페이지였다. 부록에는 상수리 숲에 가서 직접 퍼슬을 취재한 사진작가의 후기가 실려 있었다. 취재 후기를 대충 훑어보는데 특정 단어가 툭툭 불거져 보였다.

왕도토리.

그 지긋지긋한 단어가 사진작가의 후기 곳곳에 등장했던 것이다.

퍼슬의 서식지를 설계하던 생태학자들은 퍼슬에게 '목적성'을 가르치고자 했다. 목적성은 생존과 경쟁의 동력이며 동시에 인간과의 공존을 위해 필요한 습성이었다. 상수리 숲에는 수천 그루의 상수리나무가 있는데, 그중에서 왕도토리를 떨어뜨리는 나무는 딱 다섯 그루였다. 그래서 퍼슬들은 빠릿빠릿하게 움직여야만 왕도토리를 주울 수 있었다. 왕도토리 수확 경쟁의 승자는 거의 노련한 수컷들이었다. 다 자란 수컷들은 어린 퍼슬들이나 암컷들이 왕도토리 나무 근처에 접근하는 것 자체를 차단했다. 어린 퍼슬이나 암컷이 왕도토리를 줍고자 한다면 가죽이 찢어지고 살점이 떨어져 나가는 정도의 부상은 각오해야 했다.

그 녀석이 해마다 볼주머니에 담아 오던 왕도토리가 떠올랐다. 기대수명이 인간과 비슷하기 때문에 녀석은 퍼슬들 사회에서 여전히 어린 축이었다. 하지만 내가 알 게 뭐람. 내가 바란 것도 아닌데, 알이 굵은 도토리를 가져다달라고 시킨 것도 아닌데.

왕도토리 이야기는 퍼슬들의 겨울잠 이야기로 이어졌다.

왕도토리는 겨울잠 간식으로도 유용하다. 작은 도토리에 비해 수분과 영양분이 많다 보니, 동면에서 잠시 깨어난 퍼슬들에겐 꽤나 유용한 비상식량이 된다. 퍼슬의 동면 둥지를 살피다 보면 왕도토리를 발견하곤 한다. 왕도토리를 둥지에 모아 두고 잠들어 있는 어린 퍼슬들을 보면 안쓰러운 생각이 들 때도 있다. 그건 거친 수컷들의 공격을 막아 내고 어렵사

리 모은 전리품이었다.

하지만 퍼슬은 그 귀한 왕도토리를 스스로 포기할 때가 있다. 바로 자신과 공생하는 인간에게 선물할 때다. 퍼슬이 공생동물로서의 가치를 잃어버린 시대라, 본 기자가 직접 취재할 수는 없었지만 퍼슬을 입양하여 길렀던 과학자 콜린 리처 박사는 도토리 수확철에 퍼슬에게서 왕도토리를 선물받은 적이 있다고 했다. 하지만 진짜 흥미로운 경우는 따로 있었다. 바로 제롬 클라크 박사가 들려준 증언이었다. 박사네 퍼슬은 동면 기간 내내 왕도토리를 아껴 두었다가 잠에서 깨자마자 박사에게 주었다고 했다. 당시 박사의 퍼슬은…….

해마다 봄날에 퍼슬이 내밀던 왕도토리는 겨우내 녀석이 아껴 두었던 것이었다. 내가 모르는 사이 퍼슬은 나의 공생동물로 살고 있었던 것이다. 하지만 내 뜻도 내 탓도 아니었다. 엄마가 일방적으로 정해 버린 일이니까. 사실 아빠와 나는 진즉에 그 녀석의 입양 신청을 포기하고 싶었다. 하지만 공생동물 관리국에서 정한 규정에 따라 단순 변심은 사유가 될 수 없었다. 공생동물 입양을 포기할 수 있는 조건은 단 두 가지였다. 다른 공생동물을 입양하기로 결정했을 때, 공생동물이 인간에게 치명적인 위해를 가했을 때. 그렇다 보니 아빠가 유니콘 입양에 필요한 착수금을 지불할 만큼 돈을 모을 때까지 기다려야 했다. 무려 7년이나.

후기를 괜히 읽은 것 같았다. 왕도토리가 마구 굴러다니는 것처럼 머릿속이 시끄러웠다.

다음 날, 나는 약속대로 원 교수를 만나러 갔다. 원 교수의 집은 고급 별장촌의 엄나무 가로수길 끝에 있었다.

원 교수는 전화 목소리로 짐작했던 것보다 훨씬 늙어 보였다. 하지만 먼지 한 톨 없는 안경 너머의 눈동자는 맑고 빛이 났다.

"퍼슬에 대해 알아봤어요?"

"네, 『초기 공생동물 설계: 퍼슬』이란 책을 읽었어요."

"좋은 책이죠. 그 책을 읽고도 의문은 여전한가요? 학생 어머니가 퍼슬을 입양한 이유가 아직도 궁금하냔 뜻이에요."

"네. 아빠 말로는 엄마가 트렌드에 민감한 사람이었대요. 어릴 적 제 사진만 봐도 그렇고요. 저를 무슨 아역배우처럼 입혀 놨더라고요. 그런 엄마가 퍼슬을 입양했다는 게 이상해요. 제가 엄마 배 속에 있을 때 이미 세상은 유니콘의 시대였는데 말이에요."

"사실 학생 어머니의 선택에는 문제될 것도 궁금해할 것도 없어요. 문제를 만든 건 학생이에요. 퍼슬은 이러이러한데 엄마가 왜 그랬을까, 이런 식이죠. 퍼슬에 대한 부정적인 판단을 이미 내려놓고, 그런데 엄마는 왜 그랬을까 되묻는 식이죠."

"그럼 교수님 말씀은……."

"그래요, 학생 어머니는 퍼슬에 대한 인식이 학생과 달랐을 뿐이에요. 어머니는 퍼슬이 좋은 공생동물이라고 생각했던 거예요. 다른 이유는 없어요."

“제가 유니콘을 좋아하는 것처럼 엄마는 퍼슬을 좋아했단 뜻인가요?”

원 교수는 삐뚜름한 입매로 여트막하게 웃고는 찻잔을 끌어당겼다.

엄마는 늘 그랬듯 나에게 최상의 것을 주려 했을 뿐이다. 유니콘이 보편적인 공생동물로 자리 잡은 시대에도 엄마는 퍼슬이 내 공생동물로 적당하다고 확신했던 것이다. 성격이 급하거나 집안 사정이 어려워서가 아니었다. 엄마는 퍼슬이란 동물을 좋아했던 것이다.

원 교수는 차를 마시다 말고 부엌을 가로질러 가더니 전기스토브 옆으로 보이는 출입문을 열었다. 용건이 끝났으면 그만 돌아가라는 뜻인 줄 알고 나는 급히 몸을 일으켰다. 하지만 원 교수가 작은 문을 연 데는 다른 이유가 있었다. 털빛이 희끗희끗한 퍼슬이 입에 물고기 한 마리를 물고 들어왔던 것이다. 퍼슬은 물고기를 싱크대 안에 던져 놓고는 원 교수 곁으로 왔다.

“몇 년 전까지는 인근 야산에 가서 도토리를 주워다 주더니, 이제는 늙어서 숲에는 못 가고 동네 호수공원에서 저리 물고기를 잡아다 주네요.”

그 순간…… 한숨이 훅 새 나왔다. 오래 묵은 탄식이었다.

나는 다시 여덟 살이 된 기분이었다. 정글짐에서 너를 처음 보았던 그날로 돌아간 듯했다. 하지만 오래전 그날과 달리 네가 무

쉽지 않았다. 대신 너의 물자국과 길었을 여정이 보였다. 나랑 동갑내기였던 너는 동북쪽 상수리 숲에서부터 우리 학교까지, 나를 만나러 왔던 것이다. 처음으로 혼자서 숲을 벗어나서 말이다.

원 교수가 퍼슬의 젖은 털을 닦아 주는 사이 나는 입양처 직원에게 전화를 걸었다.

"사냥 날짜가 정해졌나요?"

그러자 직원이 활기차게 대꾸했다.

"아, 모르고 계셨구나. 오늘이에요. 오늘만 지나면 본격적으로 유니콘 입양 절차에 들어갈 수 있어요."

5

퍼슬을 싫어해도 되고, 끝내 녀석을 공생동물로 인정하지 않아도 상관없었다. 돌아가신 엄마의 선택이 곧 나의 뜻은 아니니까. 하지만 녀석에게 작별 인사 정도는 해야 할 것 같았다. 샛강가에서 늘어놓았던 변명들 말고 제대로 된 마지막 인사를 나누고 싶었다.

여덟 살의 내가 그러길 바라고 있었다. 여덟 살의 내가 물었다. 만약에 도시 바깥 어딘가에 네 친구가 있다면 여덟 살의 너는 혼자 그곳까지 찾아갈 자신이 있느냐고. 나는 선뜻 답하지 못했다.

그러자 그 가을날 정글짐으로 나를 보러 왔던 네가 대단해 보였다. 어디 호수 바닥을 훑고 왔는지 개흙을 잔뜩 뒤집어쓴 채 볼주머니 가득 도토리를 물고 왔던 네가, 더는 흉측한 설치류로 보이지 않았다.

도시 동북쪽 상수리 숲으로 가는 버스 안에서 원 교수에게 다시 전화를 걸었다.

"공생동물이 평생 주인을 따르는 건 각인 현상 때문이라는데, 그건 어떻게 유도하는 거예요? 전 여덟 살 전까진 퍼슬을 본 적도 없는데요."

"아니요. 퍼슬에게 각인이 완료됐다면 둘은 만난 적이 있다는 뜻입니다. 재하 군이 아기였을 때 어머니가 둘을 만나게 했을 거예요. 어떤 사건을 기억하지 못한다고 해서 그 일이 일어나지 않았다고 판단해선 안 됩니다."

우리가 만난 적이 있었다니, 엄마와 퍼슬과 내가…….

상수리 숲은 우리 동네만큼이나 컸다. 그 안에 작은 호수와 구릉들이 있었고 둘레는 촘촘한 철조망으로 에워싸여 있었다. 인간이 드나드는 출입구는 큰 찻길을 마주 보고 있는 경비 초소 앞문 하나였다. 초소 옆에는 연구동으로 보이는 가건물이 있었는데 오래전에 버려진 듯 보였다.

오후 4시. 기상청에서 예고한 일몰까지는 한 시간 사십여 분밖에 남지 않았다. 책에서 봤던 대로라면 지금은 퍼슬들의 도토리

수확 철이었다. 하지만 어쩐지 철조망 너머의 숲에는 정적만 감돌았다. 지금 철조망을 넘거나 숲으로 들어가면 경비 초소 직원들에게 발각될 확률이 높았다. 그렇다고 해가 지길 기다리면 퍼슬을 만날 확률이 더 낮아진다. 공생동물인 퍼슬은 인간과 생활패턴이 같아서, 일몰 이후는 대부분 둥지 안에만 머문다고 했다. 결정을 못 내리고 철조망만 따라 돌고 있는데 숲에서 "탕!" 하고 소리가 났다.

사냥꾼의 총소리였다!

바보처럼 잊고 있었던 것이다. 사냥꾼 역시 일몰 전에 사냥을 마치려 들 텐데 말이다. 시간이 없었다. 나는 바닥에 엎드린 채 철조망 주변을 살피고 다녔다. 내 힘으로는 퍼슬을 찾아갈 방법이 없었다. 그래서 너를 믿기로 했다. 엿새 전 샛강가로 찾아왔던 너를.

퍼슬이 인간처럼 외출증을 끊어서 정문으로 나왔을 리는 없다. 녀석은 분명 철조망 아래로 굴을 팠을 것이다. 70센티미터쯤 되는 키에 토실토실한 몸을 가진 동물이 판 굴이라면 나도 드나들 수 있을지도 몰랐다. 혼자서 나를 찾아올 만큼 영리한 녀석이 철조망 바로 밖으로 파고 나오진 않았을 것이다. 좀 더 안전한 곳까지 굴을 더 팠을 확률이 컸다.

경비 초소 정반대 쪽, 철조망에서 4미터쯤 떨어진 곳에 작은 관목림이 있었다. 굴은 관목들 사이에 있었다. 하지만 생각보다 굴의 폭이 좁았다. 어떻게든 몸을 집어넣을 수는 있지만 땅 밑으로 계속 전진할 수 있을지는 의문이었다.

탕! 다시 총성이 울렸다.

달리 방법이 없었다. 나는 숨을 크게 들이쉬고는 좁아터진 굴로 기어들어 갔다. 스마트폰 불빛을 비추며 포복 자세로 굴을 따라 기었다. 굴 천장에는 가느다란 풀뿌리들이 늘어져 있었다. 굽잇길에서 몸을 틀 때마다 굴 벽을 건드려 흙이 조금씩 무너졌다. 공기가 희박해지는지 서서히 숨이 가빠졌다. 하지만 네가 이 길을 따라 드나들었다면 나도 갈 수 있다.

오 분쯤 기어가자 길이 막혔다. 흙이 부드러운 걸로 보아 펴슬이 굴의 출입구를 대충 막아 둔 흙 같았다. 문제는 내 쪽에는 그 흙을 파내어 치울 만한 여분의 공간이 없다는 사실이었다. 내 몸만으로 굴은 이미 꽉 찼으니까. 숨이 점점 막혀 왔고 몸을 움직일 때마다 흙이 코와 입으로 들어왔다.

불빛을 비출 만한 공간도 없었다. 뒷걸음질을 치려고 할 때마다 발이 굴 벽을 건드려서 뒤쪽이 무너져 내렸다. 나는 하는 수 없이 스마트폰을 입에 물고 부드러운 쪽 흙을 조금씩 파내기 시작했다. 침이 입에서 마구 흘러내렸다. 왕도토리를 볼주머니에 물고 오던 네가 떠올랐다. 양볼에 도토리를 잔뜩 물고서 작은 앞발로 굴을 팠을 널 생각하면서 나도 좀 더 해 봐야 할 것 같았다.

유일한 희망은 굴이 지상에서 가깝다는 사실이었다. 중간에 기어오다가 갑자기 굴이 한 번 깊어진 구간이 있었는데, 그곳이 철조망 바로 아래였을 것이다. 그렇다면 나는 벌써 상수리 숲으로 들어온 게 틀림없었다. 앞을 가로막은 흙은 줄어들 기미가 없었다. 나는 한 손에 왕도토리 두 개를 움켜쥐고서 주먹을 무른 흙더미 사이로 꽂았다. 어깨 바로 아래까지 팔을 밀어 넣자 손끝에 바람이 느껴졌다. 흙더미와 얼굴이 밀착된 상태라 숨은 최대한 아껴야 했다.

나는 주먹 안에 든 왕도토리 두 알을 비비기 시작했다.

그러길 오 분쯤.

탕! 지상 어디선가 다시 총성이 울렸고…… 잠시 후 뜨겁고 날카롭고 축축한 무언가가 내 손을 할퀴었다.

6

퍼슬이 굴을 파고 들어왔다.

나도 지상으로 내밀고 있던 한쪽 손을 거둬들였다.

어둠 속에서 퍼슬의 눈동자가 반짝였고 녀석은 흙더미와 함께 내 품을 파고들었다. 야생동물의 강한 체취와 뻣뻣한 털 그리고 짙은 피 냄새.

퍼슬이 찍찍거리며 몸을 떨었다. 녀석의 몸 어디선가 피가 흐르고 있었다. 아직 죽지는 않았으니 작별 인사를 하면 됐다. 마지막 인사를 나누겠다고 여기까지 왔으니까. 하지만 호흡이 한참 거칠어지다가 점점 가늘어지는 퍼슬을 보면서, 내가 상수리 숲으로 온 진짜 이유를 깨달았다.

엄마의 결정에 의문을 품었던 건 원 교수의 말대로 나의 편견과 잘못된 전제 때문이었다. 그래서 그 전제를 폐기한 상태에서 퍼슬을 마주하고 싶었다.

체육 선생님 품에 안겨서 정글짐을 내려왔던 그날. 카일리를 비롯한 모두가 그 끔찍한 설치류 때문에 놀란 나를 위로하던 그날. 여덟 살의 나에게 다른 가능성에 대해 이야기해 주고 싶었다.

"퍼슬은 왜 나를 만나러 온 거예요?"

한 번쯤 그리 되물을 가능성 말이다. 인간은 과거를 바꿀 수 없다. 하지만 과거가 초래한 현재의 일들을 바로잡고 되짚어 볼 능력은 있다. 나는 그 능력을 믿고 상수리 숲으로 달려온 것이다.

그러므로 녀석과 나에겐 시간이 필요했다. 함께할 시간이.

나는 한 손으로 퍼슬을 안은 채 흙을 헤집기 시작했다. 흙더미 속에 있던 자갈에 부딪쳐 손톱 하나가 뒤로 꺾였다. 눈물이 찔끔 날 만큼 아팠지만 멈추지 않았다. 그리고 마침내 내 머리 위에 하늘이 열렸다. 근처에서 사람들의 발소리가 들렸다. 나는 퍼슬을 데리고 지상으로 올라갔다.

"쏘지 말아요! 여기 사람 있어요! 쏘지 마세요!"

사냥꾼들을 불렀다.

고글을 끼고 총을 든 남자와 여자가 달려왔다. 내 꼴을 보고는 여자가 소리쳤다.

"맙소사! 네가 맞은 거야?"

"아니요. 퍼슬이 맞았어요. 얘, 제 퍼슬이에요. 제 공생동물이에요."

"하지만…… 그 녀석은 입양 신청이 취소된 걸로 아는데."

"제가 다시 입양할 거예요. 아빠한텐 아직 유니콘 입양 신청 미납금이 남았으니까, 유니콘을 고르지도 않았으니까 이 녀석을 다시 입양할 수 있어요. 그러니까 병원에 좀 데려다주세요."

울음이 터졌다. 엄마가 보고 싶었다. 책상 맨 아래 서랍 추모 공간에 갇힌 엄마 말고, 내 인생에 이 녀석을 두고 간 엄마가 그리웠다.

퍼슬은 꼬박 한 달을 동물 병원에 갇혀 있었다.

총알이 스친 등 쪽 피부의 절반이 날아가 버려서 인공피부 이식을 받아야 했다. 아빠는 유니콘을 데려오려고 모아 두었던 돈을 퍼슬의 치료비로 지불해야 했다.

"예쁘고 온순한 유니콘을 놔두고 그런 녀석을 뭐 하러 키운다는 거야? 혹시 엄마 때문이니?"

퍼슬을 퇴원시키러 가는 길에 아빠가 물었다.

"아니요. 그냥 그 녀석이 맘에 들어요. 용감하고 굴도 잘 파잖아요."

아빠는 한숨을 쉬고는 병원 주차장 쪽으로 핸들을 꺾었다.

인공피부를 이식한 퍼슬은 누덕누덕 기운 봉제 인형 같았다. 원래보다 한층 더 꼴이 요란해진 녀석은 나를 보자마자 찍찍거리며 달려왔다.

"이름은 지었니?"

수의사 선생님이 물었다.

"너 모르게 여기 의사들은 이놈을 퀼트라 불렀다. 피부 이식 흉터가 조각보를 이어 붙인 것 같아서."

선생님의 말에 수납처 직원들이 웃었다.

하지만 내가 지어 둔 이름은 따로 있었다. 공생동물의 이름으로 정해두었던 '조에'는 아니었다. 퍼슬의 이름은 '유니콘'이었다. 꼬맹이 시절부터 내가 그토록 고대했던 공생동물 유니콘, 그게 바로 이 녀석이었다.

— 우리 체셔랑 친해지려면 5만 년은 걸리겠지만, 어쨌든 잘해 보자.

카일리는 축하인지 불평인지 모를 문자를 보내왔다.

집에 도착한 뒤, 유니콘과 나는 첫 산책 코스로 초등학교로 이어지는 오르막길을 택했다.

정글짐은 아직 그 자리에 있을까?

유니콘은 벌써 저만치 앞서가고 있었다. 함께 걷기는 처음이지만 녀석은 이미 길을 알고 있었다.

작가의 말

어릴 적 내 반려동물은 다 길에서 온 아이들이었다. 큰 개에 물려서 죽어 가는 채로 쓰레기통 옆에 버려져 있던 강아지, 족제비의 습격으로 꽁지깃을 다 잃고 주인에게 버림받은 금계, 꼬리가 잘려 나간 채 풀밭에서 울고 있던 아기 고양이…….

녀석들을 살려 낸 건 엄마였다.

엄마가 방울이 1호를 데려왔던 날이 기억난다. 방울이는 대퇴부 위쪽 살점이 뭉텅이로 뜯겨 나간 몰골로 엄마 품에 안겨 있었다. 상처는 곪다 못해 구더기까지 슨 상태였다. 엄마는 방울이를 마당에 눕혀 놓고 핀셋으로 구더기를 다 파낸 다음 약을 발랐다. 외상 응급처치가 끝난 뒤에는 항생제를 먹이고, 고기 삶은 물을 억지로 떠먹였다. 그러길 몇 날 며칠……. 나는 엄마 곁에 쪼그리고 앉아 방울이가 눈을 뜨고, 누운 채로 꼬리를 흔들고, 몸을 일으키는 과정을 지켜보았다.

죽어 가던 강아지가 촐랑거리며 마당을 뛰어다니게 되는 마법은 내 유년 시절의 귀한 유산이다. 방울이는 외상 후유증으로 평생 뒷다리를 비틀거리며 걸었는데, 그래도 동네 개들 중에 둘째가라면

서러울 정도로 부산스러웠고 내 운동화도 어지간히 물어뜯었다.

엄마는 그렇게 우리 집 마당에 살게 된 녀석들을 통칭하여 '짐승'이라 했다. 사람 밥때가 되면 짐승 밥도 챙겼고, 아빠가 녀석들을 성가셔하면 말 못 하는 짐승한테 그러지 말라고 했다. 나는 엄마가 짐승과 유지하는 거리가 좋았다. 유난스레 예뻐하지는 않았지만 엄마가 안전을 보장하는 공간에서 배곯지 않고 살아가도록 해 주는 것. '짐승'이란 말이 너무 강력해서 우리 형제들은 녀석들의 이름을 맘껏 짓지도 못했다. 개는 늘 방울이였고 고양이는 언제나 나비였으며, 강아지처럼 우리를 따라다니던 금계의 이름은 끝끝내 '닭'이었다.

방울이들과 나비들과 닭…….

큰 아픔을 딛고 우리 곁에 와 주었던 녀석들을 떠올릴 때마다 인연이란 말이 따라붙었다. 우리는 처음부터 함께하기로 돼 있던 사이가 아니었을까. 「누덕누덕 유니콘」은 그 기억에서 길어 올린 이야기다. 재하와 펴슬이 정글짐 꼭대기에 나란히 앉아서 내 소설을 읽어 주면 좋겠다.

이
희
영

피라온

이희영

김승옥문학상 신인상을 수상하며 작품 활동을 시작했다. 『페인트』로 창비청소년문학상을, 『너는 누구니』로 브릿G 로맨스릴러 공모전 대상을 수상했다. 지은 책으로 『썸머썸머 베케이션』 등이 있다. 그 밖에 5·18문학상 소설 부문, 등대문학상 최우수상, KB창작동화제 우수상 등을 수상했다.

나는 피라온이다. 이 사실은 지금으로부터 7년 전, 열 살 무렵에 알게 됐다. 햇살이 눈부신 가을날이었다. 나릿나릿 학교 운동장을 걷는데 갑자기 암전이 된 듯 눈앞이 까맣게 변해 버렸다. 나는 밑동이 잘린 나무처럼 맥없이 쓰러졌다. 다시 눈을 뜬 곳은 병원이었다. 아니, 병원이라 믿었다. 하얀 가운의 뭔가가 나풀거렸으니까. 귓가에 엄마의 축축한 목소리가 흘러들었다. 그리고 결국 알게 됐다. 내가 피라온이라는 사실을…….

"강아지?"

원이 형이 놀란 듯 두 눈을 부풀렸다. 나는 대답 대신 고개를 끄덕였다. 형이 길고 가는 손가락으로 파르스름한 턱선을 쓰다듬었다. 내 시선이 작게 꿈틀거리는 하얀 목울대에 닿았다.

원이 형을 처음 만난 건 2년 전이었다. 엄마, 아버지와 함께 집 근처 갈빗집에 갔는데, 홀에서 서빙을 보는 직원이 바로 형이었다. 새로 오픈한 곳이었고 맛있다는 소문이 자자했다. 덕분에 대기실까지 따로 마련해 놓을 정도로 손님들이 밀려들었다.

손님들에게 친절한 형은 일처리 또한 빠르고 신속했다. 누군가 젓가락을 떨어뜨리면 재빨리 달려와 새것을 가져다줄 정도였다. 훤칠한 키에 선명한 이목구비도 손님들의 눈길을 끌었다. 대부분의 사람들이 형에게 호의적이었지만 더러는 그러지 못한 손님들도 있었다.

"너, 이리 와 봐. 어디를 봐? 그래, 너 말이야, 너."

배불뚝이 남자 손님이 손가락으로 까딱거렸다. 형이 테이블로 다가오자 그는 대뜸 형의 얼굴을 붙잡고는 이리저리 돌려 보았다.

"야, 너 여기서 언제부터 일했냐? 내가 개인적으로 너희 사장을 좀 알거든. 그래서 듣게 됐는데, 그나저나 정말 대단하네. 와! 이건 뭐 진짜……."

당황한 형은 얼굴이 점점 창백해졌다. 그러거나 말거나 남자는 신기한 장난감 보듯 형의 몸을 더듬거렸다. 사람들이 눈살을 찌푸렸지만 선뜻 나서는 이는 없었다.

그 순간 귓가에 탁 하고 젓가락을 내려놓는 소리가 들려왔다. 고개를 돌린 곳에 붉게 달아오른 엄마의 얼굴이 보였다. 엄마는 자리에서 일어나 터벅터벅 남자를 향해 걸어가서는 손가락으로 풍선처럼 부풀어 오른 남자의 배를 꾹꾹 눌렀다.

"와! 이건 뭐 정말 대단하네. 쌍둥이야? 아니면 세쌍둥인가?"

남자가 놀라 두 눈을 치떴다. 엄마는 그러거나 말거나 계속해서 쿡쿡 배를 찔렀다. 형을 놓아주지 않으면 가만있지 않겠다는 다부진 표정으로 남자의 살기 가득한 눈빛을 몇 배 더 독한 시선으로 맞받아쳤다.

그날은 갈빗집 주인과 아빠의 중재로 일이 마무리됐지만 나는 창백하게 굳어 버린 형의 얼굴을 잊을 수가 없었다. 그래서일까? 집 근처에서 우연히 형을 봤을 때 나도 모르게 선뜻 말을 걸어 버렸다. 흠칫 놀라는 형에게 안심하라는 듯 배시시 웃었다.

"그 갈빗집…… 진짜 맛있어요."

잠시 나를 건너다보던 형이 이내 몸을 돌려세웠다. 너 같은 꼬맹이 따위 전혀 눈에 보이지 않는다는 듯 꼿꼿한 등을 내보이며 멀어져 갔다.

"저기요."

한 번 더 부르자 형이 천천히 돌아섰다. 잘 벼린 칼날 같은 눈빛에 나는 마른침을 삼켰다. 그것이 형과 말을 나눈 첫날이었다. 그날 이후 우리는 빠른 속도로 가까워졌다. 형이 스물, 내가 막 열다섯이 되던 무더운 여름날이었다.

"견종이 뭔데?"

형이 물었다. 나는 잠시 허공을 쳐다보았다. 견종? 아무리 생각해도 딱 맞는 이미지가 없었다. 내가 아는 견종이라고 해 봤자 다섯 손가락에 꼽을 정도지만. 치와와, 몰티즈, 비글, 진돗개, 풍산개 그리고…….

"몰라, 그냥 믹스견인 것 같아."

"몇 살인데? 꼬맹이야?"

나는 한 번 더 도리질 쳤다.

"정확히는 몰라. 오늘 엄마가 동물 병원에 데려간다고 했어. 가 보면 나이 정도는 알 수 있지 않을까? 수컷 같다고 했는데."

말이 끝나기 무섭게 형이 미간을 구겼다. 집에 강아지가 생겼는데 나이와 견종은 물론 성별조차 확실하지 않다니. 형이 짜증스러운 표정을 짓는 것도 무리는 아니었다.

"대체 어디서 난 강아지야?"

나는 짧은 한숨으로 대답을 미뤘다. 식탁 아래 웅크리고 있던 녀석이 눈앞을 스쳐 지나갔다. 엄마는 강아지의 갈색 머리가 밤톨 같다며 밤송이라 불렀다. 그러다 이내 송이가 됐다. 아직 새 이름이 익숙지 않은 듯 녀석은 아무리 불러도 반응하지 않았다.

"엄마 화실 옆에 건물 공사하는 데, 거기에 있었대."

나는 흘낏 형의 눈치를 살피고는 말을 이었다.

"누가 버리고 간 모양이야."

"……."

"엄마가 몇 번이나 화실에 데려와 사료랑 물을 줬는데 그것만 먹고는 다시 공사장으로 돌아가더래. 아마 주인을 기다리는 것 같다고. 근데 자꾸 걸리적거리니까 공사장 인부들이 내쫓았나 봐. 떠돌이 개새끼라고 욕까지 하면서. 하도 위험해 보여서 집으로 데리고 온 거야."

우리는 녀석에 대해 아무것도 몰랐다. 몇 살이고 견종이 뭔지. 전에 누구와 살았고 어떤 사료를 먹었는지. 기본적인 예방접종은 되었는지조차 알 수 없었다.

형의 표정이 창백해지는 것을 보니 괜한 이야기를 꺼낸 모양이었다. 그냥 강아지를 새 식구로 맞이하게 됐다는 소식을 전한 것뿐인데 분위기가 무겁게 변해갔다.

"강아지군."

형이 입가에 싸늘한 미소를 그려 넣었다.

"개도 생명이 있는데 버리는 건 너무했다."

'안 그래?'라고 되묻는 시선으로 형이 나를 보았다. 그 한마디에 오히려 내 표정이 굳어졌다. 형의 선득한 눈빛이 바늘처럼 가슴을 파고들어 나는 그만 마른침을 삼켰다.

"그런데 미르야."

원이 형이 자신의 손끝을 바라보며 나를 불렀다. 형의 하얀 손에는 파란 혈관이 도드라져 있었고, 길고 가는 손가락에는 연분홍빛 손톱이 반짝거렸다. 내 시선은 손금이 선명한 나의 두 손바닥에 닿았다.

"강아지 이름이 송이라고 했지?"

"……."

"진짜 사람 이름 같다. 하긴 생명이 있는 것인데 잘 대해 줘야지."

나를 보는 형의 눈이 선득한 빛을 내뿜었다. 형의 기분을 해치려는 건 아니었다. 그저 강아지가 생겼다고 말했을 뿐인데 이야기를 하면 할수록 서늘한 기운이 가슴을 파고들었다. 추운 겨울 열린 창틈에서 불어오는 바람처럼 시리고 차가운 공기가 형과 내 주위를 감싸 돌았다. 그럴수록 아무렇지 않은 척 웃어야 하는데 이상하게 웃음이 나오질 않았다.

형이 내 어깨를 톡톡 두드리며 빙긋이 미소 지었다.

"오히려 미르 네 이름이……."

여기까지 말한 형이 그만하자는 듯이 고개를 저었다. 하지만 이미 늦었다. 내 이름이 더 강아지 같다 말하고 싶은 거겠지. 형이 무엇에 진저리를 치는지, 무엇에 분노하는지 누구보다 잘 알고 있으니까.

나는 자리에서 일어나 형의 작은 원룸을 바라보았다. 원이 형이 이곳에서 산 지도 횟수로 5년이 넘었다. 나를 만나기 오래전부터 형은 혼자 살았다. 여전히 갈빗집에서 일하며 무례하고 안하무인인 손님들을 상대했다.

'갈래?'라고 묻는 형의 눈짓에 나는 고개를 끄덕였다. 문을 향해 돌아서는데 나른한 목소리가 오후의 그림자처럼 길게 따라붙었다.

“그 강아지 말이야.”

나는 천천히 형에게로 몸을 돌려세웠다.

“버려지기 전에는 작고 예뻤겠지?”

피식 웃는 형을 바라보다 벌컥 현관문을 열어젖혔다. 오래전 그날처럼 가을 햇살이 눈부시게 쏟아졌다. 그러나 나는 더 이상 쓰러지지 않았다. 환청처럼 엄마의 목소리가 들려왔다.

예상대로 송이는 여러 견종이 섞인 녀석이었다. 성별은 수컷. 남자에게 송이라는 이름은 좀 어색하다는 내게 엄마는 그 이름이야말로 찰떡이라며 웃었다. 그 순간 문득 진짜 사람 이름 같다는 형의 말이 떠올랐다. 송이가 사람 같고 미르가 강아지 같다고? 그럴지도 모른단 생각에 나는 헛웃음을 터트렸다.

나이는 두 살 정도로, 사람으로 치면 청년이라 했다. 엄마가 준 사료 덕분인지 특별히 건강에 이상은 없고, 몇 가지 예방접종 후에 송이는 집으로 돌아왔다. 그러나 현관에 도착하기 무섭게 녀석은 식탁 밑으로 기어들어 가서는 온몸을 작게 웅크렸다.

“정말 주인이 버렸을까?”

내가 묻자 엄마의 미간에 선명한 주름이 새겨졌다.

“누군지 모르겠지만 정말 천벌을 받을 거야. 어떻게 생명을 버릴 수가 있어?"

생명이란 말이 돌멩이가 되어 가슴속 연못에 파장을 일으켰다. 나는 물끄러미 엄마를 바라보았는데, 송이를 보는 엄마의 두 눈에는 숨길 수 없는 안타까움이 담겨 있었다.

"버릴 거면서 왜 강아지를 키웠을까?"

여전히 송이에게 시선을 고정한 채 엄마가 대답했다.

"처음에는 작고 귀여워서 키우려 했겠지. 인형처럼 예쁘니까. 그러다 점점 자라면서 이런저런 비용도 많이 발생하고. 병원비도 만만찮게 나가잖아. 처음부터 그런 것들을 생각해 본 적 없이 그저 예쁘다고 무슨 인형처럼 덥석 데려왔을 거야. 무책임하고 생각 없는 한심한 종자들 같으니라고. 생명을 키우기 위해서는 얼마나 큰 책임감이 따르는데. 식구가 한 명 더 생긴다는 생각은 왜 못 할까?"

녀석은 털이 제법 깨끗했고 사람을 경계하지 않았다. 이리 와, 밥 먹자 같은 말들을 곧잘 알아들었고 엄마의 손길에 순순히 제 몸을 맡겼다. 송이가 마지막까지 가지고 놀던 낡은 공은 공사장 구석에 놓여 있었다. 이 모든 것이 송이가 버려졌다는 증거였다. 송이는 주인이 다시 올 줄 알고 그곳을 벗어나지 못한 것이다. 엄마와 아버지, 나에게조차 곁을 주지 않는 녀석은 혹여나 우리가 주인을 만날 수 있는 기회를 완전히 박탈했다고 믿는 걸까? 아니면…….

"나는?"

나도 모르게 불쑥 이 말이 튀어나와 버렸다. "너는 뭐?"라고 되묻는 눈빛으로 엄마가 고개를 갸웃거렸다. 아니, 아닐 것이다. 절대 그럴 리 없을 것이다. 아무것도 아니라며 나는 도리질 쳤다.

"싱거운 녀석."

그래 싱거운 생각이었다. 저렇듯 송이를 살뜰하게 챙기는 부모님이지 않은가. 나는 엄마를 향해 부러 환하게 미소 지었다.

"혹여 송이가 마음을 열지 않는다고 해서 너무 서운해하지 마. 저 녀석도 당분간은 충격이 상당할 테니까. 천천히 친해지도록 하자."

송이는 여전히 식탁 밑에서 생활했다. 사료와 간식도 마다한 채 하루 종일 아픈 녀석처럼 웅크리고 있었다. 엄마의 당부대로 섣부르게 다가가지 않을 것이다.

어디서 읽었는데 동물들도 우울증을 앓는단다. 정신질환에 걸린다고도 했다. 주인에게 버려져 하루아침에 떠돌이 개가 됐고, 전혀 다른 환경 속에 놓이게 됐다. 송이의 처지에서도 이 상황이 두렵고 혼란스러울 것이다. 그럴 때는 잠시 혼자 내버려 두는 것도 좋지 않을까?

나는 자리에서 일어나 방으로 돌아왔다. 거울 앞에 서자 익숙한 얼굴의 열일곱 소년이 나타났다. 이제 3년 후면 스무 살이 되는데, 과연 나는 성인이 될 수 있을까?

천천히 손을 들어 얼굴을 만져 보았다. 어깨와 팔다리도 움직여 보았다. 마지막으로 심장 언저리에 조심히 손을 가져다 댔다. 두근거리는 소리가 손끝으로 미세하게 전해졌다.

많은 사람이 반려동물을 가족으로 생각한다. 하지만 분명 아닌 이들도 존재한다. 눈앞으로 형의 얼굴을 움켜잡던 배불뚝이 남자의 모습이 스쳐 갔다. 그리고 그의 배를 손가락으로 야무지게 찔러 보던 엄마의 모습도 보였다.

나는 고개를 돌려 벽에 걸린 사진들을 둘러보았다. 유치원 졸업 사진은 내가 봐도 참 귀엽다. 초등학교, 중학교 사진들도 나란히 벽에 걸려 있었다.

내가 열 살이 되기 전, 어느 날 갑자기 운동장에서 쓰러질 때까지. 나는 왜 노력해도 다른 아이들처럼 공부를 잘하지 못할까 싶은 의구심이 들었다. 아무리 책상에 오래 앉아 있어도 좀처럼 책의 내용이 이해되지 않았다. 수업을 따라가기가 어려웠고 개념 파악이 쉽지 않았다.

이런 나에 비해 다른 아이들은 정말이지 다양하고 창의적이며 엄청난 상상력을 갖고 있었다. 또래 친구들은 거짓말도 능숙하게 잘했고, 그럴싸하게 꾸며 낸 이야기도 곧잘 떠들어 댔다. 하지만 나는 거짓말을 한다거나 없는 이야기를 사실처럼 부풀리지 못했다.

"그것이야말로 미르 너만의 가장 큰 장점이지."

엄마의 한마디에 안심했지만 그 마음은 결코 오래가지 못했다. 내가 다른 아이들에 비해 너무 뒤처지는 것이 아닐까 하는 불안감이 엄습했다. 때로는 스스로가 바보처럼 느껴졌다.

다행인지 불행인지 그 고민조차 길지 않았다. 곧 원인을 알게 됐으니까. 그날 이후, 나는 다른 아이들처럼 되기 위해 고군분투하지 않았다. 엄마의 말처럼, 나는 나로서 살아가는 게 제일 어울린다고 믿었으니까. 나를 있는 그대로 사랑해 주는 분들을 만난 건 너무 큰 행운임에 틀림없었다.

"그 강아지 말이야. 버려지기 전에는 작고 예뻤겠지?"

원이 형은 부모님이 없었다. 외로울 법도 한데 혼자 살아 편하다며 어깨를 으쓱했다. 대신 부모님처럼 생각하는 분은 존재했다. 형은 나와 대화를 하다가도 밥을 먹거나 일을 하다가도, 그분에게 전화가 오면 반가운 표정으로 통화 버튼을 눌렀다.

언젠가 한번 원룸에 놀러 갔을 때 나도 그분을 만난 적이 있었다. 머리가 희끗희끗했지만 좀처럼 나이를 가늠할 수 없는 멋진 신사분이었다. 형은 그분을 만나기 무섭게 아버지라 불렀다. 얼마나 반가워하던지 보이지 않는 꼬리가 좌우로 흔들리는 것 같았다.

형의 얼굴에는 늘 부드러운 미소가 어려 있었다. 그러나 그것이 손님들을 위해 만들어진 미소라는 것을 나중에 알게 됐다. 형이 정말 기쁘고 반가우면 어떤 얼굴이 되는지 보았으니까. 형도 저렇듯 아이처럼 천진한 표정을 지을 수 있다니. 마음껏 소리 내어 웃을 수 있다니……. 나는 두 눈을 끔뻑이며 환하게 미소 짓는 두 사람을 번갈아 보았다.

그분은 형에게 많은 것을 물어보았다. 혼자 생활하는 것이 어렵지 않은지. 몸이 불편하거나 이상이 있지는 않은지. 일하면서 곤란한 경험은 없는지 등등……. 그분의 입에서는 이런저런 질문들이 끊임없이 쏟아져 나왔다. 형은 아버지에게 그동안의 일들을 거짓 없이 말했다. 인자한 미소로 고개를 끄덕이던 신사는 형이 무례한 손님들 이야기를 꺼내자 이내 인상을 굳혔다.

"어디 가나 상식 밖의 인간들은 존재하니까."

안 그런가 싶은 표정으로 그분이 나를 바라보았다. 그러자 형이 슬쩍 내 눈치를 살폈다. 나는 괜찮다는 뜻으로 웃으며 고개를 끄덕였다.

"아버지, 사실 이 친구요……."

형의 한마디에 신사의 시선이 오랫동안 내게 머물렀다. 어색하게 웃는 나와 달리 그분의 얼굴에는 온화한 미소가 어렸다. 그 순간 문득 형이 이분을 만나게 되어 정말 큰 행운이란 생각이 들었다. 물론 그 사실은 형이 가장 잘 알고 있을 테지만 말이다.

"아버지가 아니었다면 내 삶도 오래전에 끝났을 거야."

신사분이 돌아간 뒤, 형이 씁쓸한 미소로 읊조렸다. 나는 더 이상 어떤 말도 할 수 없었다. 형이 받았을 상처와 충격을 생각하면 바늘에 찔린 듯 가슴 한구석이 아려 왔다. 형이 안타깝고 애처로워 견딜 수 없었다. 그러나 그것이 비단 형 혼자만의 아픔이었을까. 그런 생각이 들면서 더더욱 가슴이 옥죄어 왔다. 열 살 때 운동장에서 힘없이 쓰러진 그날처럼…….

나는 그제야 형의 만들어진 웃음을 이해할 수 있었다. 왜 아버지라 부르는 사람에게만 그리 환하게 웃어 주는지도. 그분을 제외한다면 형이 온전히 믿을 수 있는 사람은 없을 테니까. 그 마음이 무엇인지 나도 어렴풋하게나마 알 수 있었다. 원이 형이 세상을 향해 어떤 벽을 쌓아 올리는지를……. 그것이 피라온의 삶일지도 모를 테니까.

똑똑 노크 소리에 흠칫 놀라 몸을 떨었다.

"들어가도 돼?"

익숙한 목소리가 흘러들었다. 삐거덕 문이 열리더니 엄마가 안으로 들어섰다.

내 시선이 엄마를 지나 벽에 걸린 그림에 머물렀다. 내가 태어났을 때를 그린 것으로 대학에서 서양화를 전공한 엄마의 솜씨였다. 기저귀조차 없는 알몸으로 새끼 강아지처럼 웅크려 자고 있는 모습인데, 저 그림을 볼 때마다 이상하게 마음이 편안했다.

"송이 산책 당번 정하자고. 뭐 요즘이야 선선하게 바람 부는 가을이니까 산책 겸 아빠 퇴근 후에 다 같이 나가도 되지만. 그래도 당번은 정해 놓아야 할 것 같아. 우리 미르는 주중보다 주말이 더 좋지 않아?"

엄마가 말을 멈추고는 두 손바닥을 짝 맞부딪혔다.

"혹시나 싫어 하는 말인데. 너 송이 데리고 산책 갈 때 절대 엄마 화실 쪽으로는 오지 마. 괜히 송이 안 좋은 기억 떠올린다. 당분간은 공원만 가는 것으로 하자. 자세한 건 이따 아빠 오면 다시 얘기하고 미르는 주말이 좋은지 주중이 괜찮은지 생각해 봐. 알았지?"

한 번 더 되물으며 엄마가 뒤돌아섰다.

"엄마, 있잖아."

"왜?"

엄마가 나를 향해 반쯤 몸을 돌려세웠다. 나는 대답 대신 아랫입술을 잘근거렸다. 빠끔히 열린 창문으로 서늘한 가을바람이 불어왔다. 그 바람 속에 익숙한 목소리가 섞여 있었다.

"점점 자라면서, 이런저런 비용도 생각보다 많이 발생하고. 병원비도 만만찮게 나가잖아."

그래, 나는 거짓말을 하지 못한다. 그럴싸하게 이야기를 꾸미거나 에둘러 말하는 것도 어렵다. 이런 스스로를 바보라 생각지는 않지만, 아주 가끔은 어지러운 감정을 슬쩍 돌려 말할 수 있는 능력이 있었으면 했다.

"나 이제 3년 남았지. 성인이 되려면 또다시……."

"미르야."

"점점 더 비용이……."

"그걸 네가 왜 걱정해. 너 요 며칠 표정이 안 좋던데 혹시 그 걱정 때문이었어?"

불안한 시선이 발끝으로 떨어졌다. 엄마가 가까이 다가와 나를 꼭 끌어안았다.

"미르야, 너는 내 아들이야."

"……."

"아들 일에 돈을 따지는 부모가 세상에 어디 있어?"

"하지만 나는 사실……."

엄마가 그만하라는 듯 천천히 도리질 쳤다. 어느덧 몸이 나보다 작아진 엄마였다. 요즘 들어 아버지 눈가의 주름도 조금 더 깊어진 것 같았다. 시간이 지날수록 두 분 모두에게 자꾸만 미안한 생각이 들었다.

가만히 안아 주던 엄마가 웃으며 고개를 들었다.

"우리 새 식구 생겼잖아. 앞으로는 더 바빠지고 부지런해져야 해, 안 그래?"

엄마가 한쪽 눈을 찡긋해 보였다.

그래, 우리에게도 새 식구가 생겼다. 앞으로는 제 시간에 사료를 줘야 하고 꼬박꼬박 산책도 시켜야 하며 미용과 위생에도 각별한 주의를 기울여야 한다. 아프면 동물 병원에 데려가야 한다. 그리고 무엇보다 진심으로 사랑해 줘야 한다. 단순히 귀엽거나 인형 같다는 호기심으로 데려와서 귀찮고 번거롭다는 이유로 방치하거나 유기해서는 절대 안 되는 것이다.

"미르도 송이 잘 챙겨 줘. 네 동생이라 생각하고."

"동생?"

묻는 내게 엄마가 고개를 주억거리고는 뒤돌아 방을 나섰다. 나는 또다시 벽에 걸린 그림을 바라보았다. 형이 강아지 같다고 놀린 미르라는 이름은 사실 용을 나타내는 순우리말이다. 엄마는 나를 만나기 전, 용이 나오는 꿈을 꿨다고 했다. 그 덕에 내 이름이 미르가 됐다. 사실 나는 한 번도 꿈이라는 것을 꿔 본 기억이 없다. 그래서 엄마나 아버지가 말한 꿈이 정확히 무엇인지 알지 못한다.

다만 책이나 화면으로 통해 용은 볼 수 있었다. 무려 천년의 시간 동안 깊은 연못에서 수행한 이무기가 처음 세상에 나왔을 때 누군가 "용이다" 하고 불러 주면 여의주를 얻어 용이 된다고 했다. 엄마가 나를 만나기 전, 왜 하필 꿈속에 용이 나왔을까? 어쩌면 엄마는 바랐던 것이 아닐까? 자신이 만든 조각상을 인간으로 만든 피그말리온처럼 말이다. 나에게 "용이다" 하고 불러 주고 싶은 것인지도…….

늘 식탁 밑에서 숨어 지내던 송이는 시간이 지날수록 집 안 곳곳을 살피기 시작했다. 전에 살던 곳과는 다른 환경과 냄새, 사람들 속에서 녀석은 혼란스러운 표정을 지었다. 때로는 멍하니 베란다 밖을 바라보거나 작은 소리에도 쫑긋 두 귀를 세우곤 했다.

엄마와 아버지는 펫 숍에서 송이가 좋아할 만한 장난감과 새 공을 주문했다. 그러나 아무리 공을 던져 줘도 시큰둥한 모습이었다. 그래도 다행인 건 처음에는 "송이야, 송아" 불러도 고개조차 돌리지 않던 녀석이 이제는 이름을 부르면 슬쩍 쳐다보는 시늉을 했다.

사실 공사장이 너무 위험해 보여 갑작스레 데려왔다. 그래서 우리는 강아지에 대한 지식이 부족했다. 송이가 새롭고 낯선 환경을 염탐하듯 나와 엄마, 아버지 모두 송이의 여러 행동을 호기심 가득한 눈으로 관찰했다.

송이는 자주 베란다 밖을 바라보았고 문 너머 소리에 귀를 기울였다. 왠지 밖에 나가고 싶어 하는 것 같았지만, 막상 엄마나 내가 하네스(강아지 가슴 줄)라도 집어 들면 언제 밖을 봤냐는 듯 냉큼 식탁 밑으로 숨어들었다.

나는 고개를 돌려 송이가 보던 가을 도시를 내려다보았다. 녀석은 습관처럼 부모님과 내 눈치를 살폈지만 사실 송이의 눈치를 보는 건 우리 셋도 마찬가지였다. 녀석의 기분이라도 해칠까 모두 전전긍긍하니까.

"나가고 싶어 하는 것 같은데."

내가 혼잣말처럼 중얼거리자 엄마가 긴 한숨을 내쉬었다.

"나가고 싶은데 무서운 거겠지."

"뭐가?"

엄마는 대답 없이 식탁 밑에 웅크려 있는 송이를 바라보았다. 안타까움과 미안함, 어떤 분노마저 느껴지는 엄마의 표정은 언젠가 나를 봤을 때와 크게 다르지 않았다. "그래도 나는 괜찮아요. 그동안 많이 사랑해 주셨잖아요" 이 한마디에 엄마는 그렁하게 고인 눈물로 고개를 내저었다. 지금 눈앞에 보이는 표정과 아주 비슷한 얼굴로…….

"다시 못 돌아올까 봐."

그 한마디에 가슴에 싸한 통증이 느껴졌다. 이렇듯 화창한 가을날, 녀석은 분명 산책을 가고 싶을 것이다. 하지만 집 밖으로는 단 한 발자국도 움직이지 않았다. 송이는 누군가 하네스만 건드려도 늑대를 만난 토끼처럼 깜짝 놀라 식탁 밑으로 숨어들었다. 그러고는 아주 오랫동안 그곳을 벗어나지 못했다. 내가 간식으로 유인해도 아버지가 장난감을 흔들어도 요지부동이었다.

송이는 공을 던져 주면 멀뚱하게 쳐다볼 뿐 전혀 관심을 보이지 않았다. 그러다 엄마나 내가 사라지면 슬쩍 다가가 제 코로 공을 밀거나, 앞발로 툭툭 건드려 보거나 살짝 입에 물다 내려놓기를 반복했다. 공놀이를 하고 싶은가 보다 하고 반색하면 녀석은 또다시 제자리인 식탁 밑으로 숨어들어 갔다.

송이는 가장 원하는 것이 산책인 동시에 가장 두려운 것도 산책이 되어 버렸다. 정말 공놀이가 재미있지만 그것만큼 무서운 놀이도 없을 것이다. 잔뜩 웅크리고 있는 송이의 등 뒤로 서서히 원이형이 겹쳐지다, 이내 익숙한 열일곱의 소년이 되어 갔다.

꼬리를 엉덩이 밑으로 숨기고 있는 녀석을 보자 나도 모르게 울컥 뜨거운 것이 올라왔다. 나는 벽에 걸린 하네스를 낚아채고는 성큼성큼 송이에게로 다가갔다. 놀란 엄마가 황급히 막아서고 멀리서 지켜보던 아버지가 휘휘 손사래 쳤다.

"너무 강제로 그러지 마라. 송이도 때가 되면 먼저 산책 가자고 조를 날이 올 거야."

아버지의 한마디에 나는 고개를 내저었다. 녀석은 두 번 다시 산책 가자 조르지 못할 것이다. 두렵고 불안하며 의심되고 걱정될 테니까. 나는 다가오는 아버지를 피해 한발 뒤로 물러섰다. 내 손에는 여전히 하네스가 꽉 쥐어 있었다.

"송이 오늘 산책시키고 올게요."

"미르야."

"잘 데리고 올 테니까. 걱정 마세요."

"이 녀석아. 저렇게 하네스만 봐도 벌벌 떠는 아이를……."

"미르도 생각이 있겠지."

엄마의 부드러운 눈빛에 아버지도 결국 두 손을 들어 보였다.

몸을 숙여 식탁 밑으로 들어가자 뒷걸음치던 송이는 냉장고에 막혀 더 이상 움직이지 못했다.

"괜찮아, 이리 와. 멀리 안 가. 잠깐 집 앞에만 나가는 거야."

조심스러운 손길에 체념한 듯 송이가 얌전히 몸을 맡겼다. 하네스를 할 때 부르르 몸을 떨었지만 잠시뿐이었다. 녀석은 안 가겠다며 버티거나 도망가기 위해 버둥거리지 않았다. 그럼에도 송이를 보는 우리 세 사람의 표정은 조금도 밝아지지 않았다. 송이는 마치 마지막인 듯 웅크려 있던 식탁 밑을 바라보고, 사료를 담아 주던 밥그릇과 물통, 구석에 굴러가 있는 공을 건너다보았다. 그리고 물끄러미 엄마와 아버지의 얼굴을 쳐다보았다.

"너무 멀리 가지는 마라."

아버지가 걱정스러운 표정으로 말했다. 오늘 송이와 어디를 산책 가는지는 그리 중요치 않았다. 내가 싫다는 송이를 억지로 데리고 나가려는 이유는 따로 있으니까. 그것을 알기에 엄마, 아버지 모두 나와 송이의 첫 동행을 허락해 준 것이다.

거실을 가로지르던 송이가 결국 현관 앞에서 머뭇거렸다. 나는 쪼그려 앉아 부드럽게 녀석의 머리를 쓰다듬었다.

"첫 산책이니까 멀리 안 가. 집 앞에 잠깐 나갔다 오는 거야. 절대 겁먹을 필요 없어."

아무리 달래 줘도 녀석은 움직이려 들지 않았다. 나는 결국 송이를 품에 안아 들었다. 올해로 두 살인 녀석은 내가 안기에는 조금 버거운 무게였다. 그럼에도 나는 최대한 송이가 불편해하지 않도록 조심히 자리에서 일어났다.

"다녀오겠습니다."

송이를 품에 꽉 끌어안고는 엄마가 열어 준 현관문 밖으로 나섰다. 가을바람이 부드럽게 갈색 털을 어루만지고 코끝으로 진한 낙엽 냄새가 느껴졌다. 하늘이 서서히 노을을 거둬들이자 도시는 하나둘 새하얀 네온사인을 밝히기 시작했다. 늦가을의 어스름은 여름내 지친 태양을 서둘러 산 너머로 돌려보냈다. 색색의 계절은 머지않아 겨울이 올 거라며 밤바람 끝에 차가운 냉기를 심어 놓았다.

심하게 버둥거릴 줄 알았는데 밖으로 나오자 송이는 코를 킁킁거리며 가을 냄새를 맡기 시작했다.

"나쁘지 않지?"

질문에 대답하듯 녀석이 컹 하고 짧게 짖었다. 나는 조심스레 송이를 바닥에 내려놓았다. 혹시나 싶어 손에 쥔 하네스를 힘 있게 움켜잡았다. 송이는 잠시 주위를 두리번거리더니 천천히 걸음을 옮겼다.

인간이 500만 개의 후각세포를 가지고 있다면 개는 그것의 50배나 넘는 30억 개의 후각세포를 가지고 있다 했다. 송이는 분명 인간이 맡지 못하는 가을 냄새와 계절의 소리를 들을 수 있을 것이다. 나는 송이의 아픈 냄새 위에 하루라도 빨리 새로운 추억의 냄새를 덧씌워 주고 싶었다. 그래야 산책과 공놀이가 더 이상 무섭지 않을 테니까.

송이는 산책하다가도 자주 뒤돌아 나를 보았다. 마치 내가 잘 따라오고 있는지, 뒤를 돌아봤을 때 혹여 내가 사라지지는 않는지 불안해했다. 송이가 뒤를 돌아보면 걱정 마, 나 여기 있어 싶은 표정으로 반갑게 손을 흔들어 주었다. 오래전 내가 깊은 잠에서 깨어났을 때, 곁에서 내 손을 꼭 붙잡고 있던 엄마처럼…….

산책이라고 해 봤자 집 근처를 한 바퀴 돈 것이 전부였다. 송이는 내가 잘 따라오는지 습관처럼 확인했고, 그럴 때마다 나는 손을 들어 보였다. 그렇게 짧은 산책을 끝낸 후 우리는 나란히 집으로 향했다. 오늘 산책의 목적은 바로 이것이었다. 기분 좋게 나들이를 마치고 다시 집으로 갈 수 있다는 사실을 송이에게 꼭 알려 주고 싶었다.

녀석은 오래전, 산책 가자는 주인의 말에 신나게 꼬리를 흔들었을 것이다. 그렇게 한 번도 가 본 적 없는 낯선 곳으로 향했다. 주위에는 전에 없던 생경한 냄새만이 풍겼는데, 주인은 어쩐 일로 거추장스러운 하네스마저 풀어 주었다. 그럼에도 녀석은 마음껏 달려 나가지 못했다. 주인이 따라오는지 확인했을 테니까. 결국 주인이 마지막으로 꺼내 든 것은 평소 녀석이 좋아했던 낡은 공이었다.

"가져와."

누군가 힘껏 던진 공은 어둡고 음침한 공사장으로 날아갔다. 잠시 머뭇거리던 녀석은 으스스한 공사장으로 달리기 시작했다. 주인의 명령이라면 그 어떤 것도 따르던 녀석이니까. 그러나 당당하게 공을 물어 왔을 땐, 주인의 모습은 어디에도 없었다. 그럼에도 녀석은 절대 포기하지 않았다. 언젠가 주인이 돌아오리라 믿으며 그곳에서 한 걸음도 벗어나지 못했다.

나는 걸음을 멈추고 송이 앞에 한쪽 무릎을 굽혀 앉았다. 그러고는 녀석의 까만 두 눈을 보며 입을 열었다.

"우린 절대 너를 혼자 두지 않아."

송이가 가까이 다가와 킁킁 손등 냄새를 맡았다. 나는 살뜰히 녀석의 머리를 어루만져 주었다. 송이도 이제 알게 된 것이다. 우리는 함께 돌아갈 곳이 있다는 사실을, 또다시 버려지지 않을 거란 믿음을 갖게 됐다.

집으로 돌아온 후, 욕실에 들어가 송이의 발을 씻겼다. 온순하고 얌전한 녀석은 편안한 모습으로 순순히 제 몸을 맡겼다. 잠시 뒤 밖으로 나온 송이는 물과 사료를 조금 먹고는 언제나처럼 식탁 밑으로 들어갔다. 그러고는 이내 잠이 들어 버렸다. 첫 산책에 적잖이 긴장했던 모양이다.

수고했다는 엄마의 말에 나는 웃음으로 대답을 대신했다. 돌아갈 집이 있다는 사실을 빨리 알려 주고 싶었으니까. 집으로 향하던 송이의 발걸음이 가볍게 느껴진 건 단순한 기분 탓이었을까?

동물들도 꿈을 꾼다고 하는데, 오늘 밤 송이의 꿈속에 행복만이 가득하길 바란다. 나는 지금껏 단 한 번도 꿔 본 적 없는 바로 그 꿈을…….

목이 말라 저절로 눈이 떠졌다. 닫힌 커튼 사이로 희붐한 달빛이 새어 들어왔다. 머리 위 스마트폰을 집어 들자 인위적인 빛이 강하게 쏟아져 내렸다. 흘낏 바라본 화면에는 '3:00'이란 숫자가 깜빡이고 있었다. 나는 침대에서 내려와 삐거덕 방문을 열었다. 지금쯤 엄마, 아버지 모두 깊게 잠들었을 것이다.

나는 주방으로 가 유리컵에 물 한 잔을 따라 마셨다. 송이는 잘 자고 있나 싶은 생각에 식탁 밑을 보는데 녀석이 보이지 않았다. 깜짝 놀라 고개를 들자 거실 한구석에서 자고 있는 송이가 보였다.

"그럼 송이 잠자리를 식탁 밑으로 하지. 거기다가 방석을 놓는 게 어때?"

아버지의 제안에 엄마는 단호한 표정으로 도리질 쳤다.

"아니, 싫어. 왜 구석에서 숨어 자. 송이가 잘 곳은 여기야. 조금만 기다리면 저 녀석도 제자리가 어디인지 알 거야."

엄마의 예상대로 송이는 빠른 시간 안에 제자리를 찾아갔다. 어둡고 좁은 식탁 밑이 아닌, 푹신한 방석이 놓여 있는 거실로 당당히 나왔다. 나는 걸음을 옮겨 새근새근 잠든 송이에게로 다가가서는 가만히 곁에 앉았다. 해가 떠오르기에는 이른 시각, 세상은 짙은 어둠 속에 파묻혀 있었다. 창밖의 달빛이 선명했고, 송이의 노르스름한 갈색 털이 해변의 모래알처럼 반짝거렸다.

"송이야, 너는 인간이 아니지?"

작게 속삭였는데 워낙 청력이 뛰어난 녀석이라 부스스 눈을 떴다. 어쩌면 내 독특한 냄새가 이미 잠을 쫓아 버렸는지도 몰랐다. 나는 미안한 마음에 부드럽게 갈색 털을 쓰다듬어 주었다. 영리한 녀석은 지금이 늦은 밤이라는 사실을, 그래서 큰 소리로 식구들을 깨워서는 안 된다는 것을 잘 아는 듯했다. 송이가 계속해 보라는 듯 물끄러미 나를 올려다보았다.

"엄마, 아버지도 사람이잖아. 그런데 너는 아니야."

나는 잠시 말을 멈추고는 나직이 한숨을 내쉬었다.

"그리고 나도 아니야. 나는 엄마, 아버지와 같은 인간이 아니거든."

나는 피라온이었다. 인간의 DNA 데이터를 분석해 특수 3D HB(Human Body) 프린터에 입력해 만든 인간의 복제품에 불과했다.

먼 옛날 신들의 노여움으로 세상은 모든 것이 물에 잠겨 버렸다. 대홍수가 끝난 후, 간신히 살아남은 사람은 오직 피라와 데우칼리온뿐이었다. 이들은 사촌지간이었고 혼인을 통해 자식을 낳을 수가 없었다. 두 사람은 신들의 명령인 신탁에 따라 움직였다.

그렇게 신성한 땅을 찾아 등 뒤로 돌을 던졌다. 그러자 그 돌들이 조금씩 사람의 형태가 되어 훗날 그리스인의 조상이 됐다는 신화가 전해진다.

인간들은 자신들의 복제품인 우리를 피라와 데우칼리온의 이름을 따 피라온이라 불렀다. 피라온의 개발 목적은 단순했다. 인간은 할 수 없는 위험한 그러나 기계에게 맡기기에는 정교함이 따르는 일을 수행시키기 위해서였다. 피라온은 몸이 불편한 장애우를 돕는 도우미 역할을 했다. 일손이 부족한 농가를 위해 농업에 최적화된 피라온을 개발하기도 했다.

그러나 시간이 지날수록 피라온 개발에 우려를 표하는 사람들이 생겨났다. 공상과학 영화나 소설처럼 피라온이 인간을 지배할지도 모른다는 소문들이 빠르게 퍼져 나갔다. 인간의 복제품 개발에 앞장섰던 과학자들은 사람들에게 몇 가지를 약속했는데 그건 대략 다음과 같았다.

피라온은 절대 인간의 지능을 넘어설 수 없게 개발된다.

비록 인간과 99퍼센트 같은 DNA 정보를 가지고 있지만 100퍼센트는 될 수 없다.

적어도 심장만큼은 완벽한 인간의 것으로 만들 수 없다.

인간에 의해 만들어진 피라온은 절대 인간보다 지능이 높을 수 없었다. 창의적인 활동이나 커다란 욕망을 갖지도 못했다. 피라온은 하루하루의 삶에 큰 가치를 두었고, 인간과 함께 생활한다는 것에 온전한 기쁨을 느꼈다.

인간의 복지를 위해 개발되어 온 피라온은 아이가 없는 부부 사이에서도 그 정보가 오가기 시작했다. 인공지능 바이오로봇 개발팀들은 아이를 원하는 부부를 위한 피라온 개발에 몰두했다. 그리고 마침내 다섯 살 이상의 유아 피라온을 만들어 내게 된 것이다.

내 방에 걸린 갓난아이 그림은 오직 엄마의 상상력에 의해 만들어진 것이다. 비록 기억에는 남아 있지 않지만, 내가 엄마와 아버지를 처음 만난 건 인간의 나이로 다섯 살쯤이라 했다. 나는 엄마와 아버지의 진짜 아들이 아니었다. 그들의 필요에 의해 만들어진 피라온이었다.

인간들은 작고 귀여운 복제인간에게 열광했다. 유아 피라온은 인간의 아이처럼 투정을 부리지도, 떼를 쓰거나 말썽을 일으키지도 않았다. “밥 먹자” 한마디에 아장아장 걸어왔고 “이제 잘 시간이야” 말하면 조용히 침대 위로 올라갔다. 인간의 DNA와 99퍼센트 일치하는 복제품은 시간이 지날수록 성장했고, 그에 따른 비용과 지출은 점점 더 늘어나기 시작했다. 더불어 개인용 피라온의 가장 큰 문제점은 바로…….

“나는 머지않아 새로운 심장을 갖게 될 거야.”

다른 장기와 달리 피라온의 심장은 기계로 대체됐다. 기술력의 한계도 있었지만 모든 것을 인간과 동일하게 만든다는 사실에 종교 단체와 인권 단체들이 우려의 목소리를 높였다. 피라온은 종류에 따라 짧게는 4~5년부터 길게는 10년에 한 번씩 새로운 기계 심장으로 교체해 주어야 했다. 하지만 그 비용이 절대 만만치만은 않았다.

그저 귀엽고 깜찍해 유아 피라온을 주문한 인간들은 피라온이 점점 더 자라고, 그에 따른 비용이 추가될수록 경제적인 어려움을 호소했다. 기계 심장 이식에 부담을 느낀 이들은 결국 피라온을 폐기 처분하기에 이르렀다. 그 일은 생각보다 간단했다. 피라온을 구입했던 인공지능 바이오 회사에 찾아가 새로운 심장 이식을 거부한다는 의사를 밝히면 그만이었다.

"안타깝게도 그중 원이 형도 포함됐어."

형은 오래전 한 중년 부부의 의뢰로 만들어졌다. 유아 피라온의 초창기 모델로 형이 스스로의 이름을 원이라 부르는 건, 자신이 유아 피라온의 첫 번째 모델이라는 의미였다.

부부가 형을 의뢰한 것은 아픈 노모의 시중을 위해서였다. 할머니 곁에서 방긋방긋 웃어 줄 손주 같은 아이가 필요했던 것이다. 형의 친절하고 눈치 빠른 행동은 분명 이때의 경험에 의한 것이었다. 그러다 형이 열 살이 채 되기도 전에 할머니가 돌아가셨다. 새로운 심장 이식이 얼마 남지 않은 상태였지만 형은 아무런 걱정도 하지 않았다. 엄마와 아버지를 굳게 믿었으니까. 수명이 다한 심장을 새로운 것으로 바꿔 줄 테니까. 하지만 그들은 처음 의뢰했던 인공지능 바이오 회사에 지금까지 아들이라 부르던 형을 내주는 것으로 모든 관계를 끝내 버렸다.

"아버지가 아니었다면 내 삶도 오래전에 끝났을 거야."

형이 아버지라 부른 사람은 인공지능 바이오 회사의 연구원인 황 박사였다. 그는 원이 형이 유아 피라온의 초창기 모델이라는 사실에 주목했고 이대로 사장시키기엔 아깝다는 생각이 들었다. 황 박사는 결국 자신의 자비로 형에게 새로운 기계 심장을 이식해 주었다.

물론 1세대 유아 피라온이 어떻게 성장해 갈지도 궁금했을 것이다. 비록 그렇다 한들 황 박사는 원이 형을 친아들처럼 돌봤고, 형이 스무 살이 되던 무렵에는 두 번째 기계 심장까지 선물해 주었다. 이런 상황에서 형이 황 박사를 아버지로 생각하는 것도 결코 무리는 아니었다.

형이 새 기계 심장을 이식한 후 잠에서 깨어났을 때, 곁에는 아무도 없었다. 황 박사를 제외한다면 형이 가족이라 부를 만한 사람은 존재하지 않았다. 엄마, 아버지라 불러왔던, 그렇게 한 가족이라 믿었던 사람들이 하루아침에 그를 버린 것이다. 형은 황 박사님 덕분에 교육받게 됐고 보금자리와 일자리도 구할 수 있었다. 그러나 가족에게 버려진 또 다른 피라온들은 차가운 수술대 위에서 싸늘하게 생을 마감했다.

시간이 흐르고 사람들 사이에서는 복제품인 피라온도 엄연한 인격체라는 말들이 터져 나왔다. 그에 반해 피라온은 특수 3D HB 프린터로 만든, 인간을 위해 개발된 기계일 뿐이라 주장하는 이들도 존재했다. 그들은 누군가가 피라온이라는 사실을 알면 길에 진열되어 있는 마네킹 보듯 스스럼없이 손을 댔다. 모욕적인 언사를 서슴지 않았고 피라온을 가족으로 대하는 사람들에게 괜한 야유를 퍼부었다.

"야, 너 여기서 언제부터 일했냐? 내가 개인적으로 너희 사장을 좀 알거든. 그래서 듣게 됐는데, 그나저나 정말 대단하네. 와! 이건 뭐 진짜……."

그날 형의 얼굴을 이리저리 돌려 보던 배불뚝이 남자에게 엄마가 무례하게 행동한 것도 모두 이 때문이었다. 엄마에게 피라온인 나는 엄연한 아들이자 가족이었다. 주위의 피라온들 모두 더불어 살아가는 이웃이었다. 그럼에도 마치 피라온을 물건 취급하던 그 남자가 견딜 수 없었던 것이다.

사람들은 곧잘 이렇게 말했다. 그래 봤자 인간을 위해 3D HB 프린트로 찍어 낸 기계인데, 고철 심장을 가진 것들한테 가족은 무슨…….

"너도 나도 인간이 아니야. 그렇지?"

송이가 앞다리에 턱을 괴고는 나른한 표정으로 몸을 낮췄다.

나는 녀석의 갈색 털을 천천히 쓰다듬었다.

"진짜 인간들처럼 똑똑하지도 못하고 창의적이거나 상상력을 갖고 있지도 못해."

철저하게 인간을 위해 만들어졌기에 인간을 위해 살아가지만 그 어떤 피라온도 불평하거나 반란을 꿈꾸지 않았다. 인간을 행복하게 만드는 일, 그것이 피라온이 진정 원하는 삶이기에.

"하지만 너도 나도 감정이 있어, 안 그래? 우리 가족이 누구인지도 알아. 그들이 언제 기뻐하고 슬퍼하는지도 속속들이 잘 알고 있어. 나는 있잖아……."

달빛이 거실 깊숙이 스며들었다. 늦은 시각이라 졸릴 법도 한데 송이는 귀를 쫑긋거리며 멀뚱히 한곳을 바라보았다. 마치 내 이야기에 집중한 듯, 소리 없이 나와 대화를 나누었다.

"송이 너도 그렇다고 생각해. 원이 형은 인간을 미워하는 게 아니야. 다만 아직 상처가 아물지 않았을 뿐이지. 원이 형에게 씻을 수 없는 상처를 준 대상은 인간인데, 형은 또 다른 인간에게 상처를 치유받고 있어."

나는 송이도 그렇게 치유되길 바랐다. 버림받았다는 아픔과 고통이 또 다른 가족에 의해 지워지기를 기도했다.

"우린 늘 네 곁에 있을 거야. 그러니 절대 걱정하지 마."

엄마와 아버지가 내 곁을 지켜주듯 나도 이 녀석과 늘 함께하고 싶었다. 나는 한 번도 버림받는 것이 무엇인지 경험하지 못했지만 어쩐지 알 것 같았다. 원이 형을 통해 그리고 오래전 경험으로…….

7년 전, 나는 학교 운동장을 걷다 힘없이 쓰러져 버렸다. 눈을 떴을 때 머리 위에서 하얀 조명이 쏟아져 내렸다. 고개를 돌리고 싶었지만 몸이 말을 듣지 않았다. 이리저리 눈동자를 움직이는데 얼핏 하얀 가운이 보였다. 병원이라 하기엔 뭔가 이상했다. 병원 특유의 알코올 냄새 대신 기계 돌아가는 소리가 들려왔고, 전선 타는 냄새도 느껴졌다.

뚜벅뚜벅 울리는 구두 소리에 나도 모르게 질끈 두 눈을 감아 버렸다. 어쩐지 내가 깨어났다는 사실을 말하면 안 될 것 같았다. 온몸 가득 알 수 없는 공포가 차오르는데, 이상하게 심장은 전혀 두근거리지 않았다.

"약간의 불량이라 말할 수 있습니다. 기계 심장에 이상은 없는데 오작동을 일으킨 것을 보면, 어딘가 결함이 있다 보시면 됩니다."

"그럼 어떻게 해야 하나요?"

엄마의 목소리였다. 가늘게 떨렸고 말끝에 툭툭 물기가 묻어 나왔다. 하지만 나는 불량이나 기계 심장, 결함이라는 말이 도무지 이해되지 않았다. 나는 엄마의 아들이었다. 아프거나 병에 걸린 것이 아닌 결함이라니?

"유아 피라온 세 번째 모델입니다. 약간의 지능을 업그레이드 시키는 과정에서 가끔 이런 불량이 나오곤 하죠. 어차피 한 번 멈춘 기계 심장은 새것으로 교체해야 하고요. 결함을 찾기 위해서는 또 다른 검사가 줄줄이 따라붙을 겁니다."

남자의 입에서 짧은 한숨이 터져 나왔다.

"제 생각으로는 이 제품을 반납하시고 새로운 피라온을 구매하심이 좋을 듯싶습니다. 설마 자신이 피라온이란 사실을 모르진 않겠지요? 아주 드물기는 하지만 가끔 자신이 진짜 인간이라 믿고 있는 피라온도 있어서요."

여기까지 말한 남자가 약간의 비웃음 섞인 콧소리를 내었다.

"아시다시피 새 기계 심장 이식 비용이 만만치 않습니다. 검사 비용 또한 개인 부담입니다. 하지만 만약 이 제품을 반납하시고 새로 구매하신다면 회사 차원에서 어느 정도 가격 할인은……."

"이보세요!"

한 번도 들어본 적 없는 날 선 목소리로 엄마가 소리쳤다. 나는 두려움에 더더욱 눈을 뜰 수 없었다. 내가 인간의 복제품인 피라온이었다니. 상상조차 하지 못했다. 엄마와 아버지는 언제나 나를 친아들처럼 아껴 주었으니까. 서툴고 어눌해도 실망하거나 나무란 적이 없었다. 나는 세상 그 어떤 아이보다 행복한 가정에서 태어났다고 믿었다. 그런데 내가 인간이 아닌, 피라온이었다니.

나는 그제야 모든 것이 이해되기 시작했다. 왜 노력해도 다른 아이들을 따라잡을 수 없는지. 왜 아기 때 모습은 엄마가 그린 그림 한 장이 전부였는지…….

"당신은 당신 아이가 아프면 비용을 이유로 치료를 포기할 겁니까?"

"부인, 물론 이해합니다. 하지만 피라온은 절대 인간이 아닙니다. 설령 누군가 피라온을 죽인다 해도 절대 살인죄를 물을 수 없습니다. 뭐! 제물 파손 죄 정도라면 모를까."

"누가 뭐라 하던 이 아이는 내 아들입니다. 우리의 소중한 가족이에요. 비용이 얼마나 들든 상관없습니다. 수단과 방법 가리지 말고 전처럼 다시 뛰고 웃고 말할 수 있게 해 주세요."

그 순간, 내 얼굴을 어루만지는 엄마의 손길이 느껴졌다. 더 이상 심장은 뛰지 않는데 이상하게 그 언저리가 뻐근하게 아려 왔다.

"부인, 비록 정상으로 돌려놓는다 해도 머지않아 또 새 기계 심장을 이식해야 합니다. 아시겠지만 연령이 높아질수록 기계 심장 이식 비용은 점점 더 늘어날 것입니다. 이 때문에 많은 분이 기존의 모델을 폐기하고 새로운 피라온을……."

"이 이상 한 마디만 더 하면……."

귓가에 꿀꺽 마른침 삼키는 소리가 들려왔다.

"당신 심장도 기계로 만들어 버릴 거야. 아니, 어쩌면 이미 기계가 됐는지도 모르지."

비록 눈을 감고 있지만 엄마가 나를 내려다보고 있다는 사실을 온몸으로 느낄 수 있었다.

"다 괜찮을 거야, 아가. 조금만 참아. 곧 엄마랑 아빠 다시 만나자."

나는 마음속으로 '네'라고 대답했다. 더불어 고맙다는 말도 속삭였다. 나를 온전한 가족으로 생각해 줘서 아들로 여겨 줘서 두 분 모두에게 너무 감사했고 행복했다.

또각또각 걸어가던 엄마의 발자국 소리가 뚝 하고 멈춰 섰다.

"한 번만 더 피라온을 입에 올리면 가만두지 않을 겁니다. 저 아이는 인간을 위한 복제품이 아니에요. 기계나 제품도 아닙니다. 강미르 우리 부부의 아들입니다. 앞으로는 꼭 미르라 부르세요."

"용이다" 한마디에 오랜 시간 호숫가에 살던 이무기는 여의주를 입에 물고 하늘 높이 승천했다. 엄마의 입에서 나온 미르라는 이름이 나를 인간의 복제품이 아닌 진짜 생명을 가진 아이로 만들어 주었다.

나는 천천히 달빛에 반짝이는 황금빛 털을 어루만졌다.

"너는 그냥 강아지가 아니야. 떠돌이 개도 아니야. 우리 가족이야. 내 동생. 송이잖아."

송이라는 말에 녀석이 처음으로 반응을 보였다. 그래, 단순한 강아지가 아니었다. 동물이 아니었다. 귀엽다며 잠시 가지고 노는 애완동물이 아니었다. 이 녀석은 송이고 우리의 새 식구다. 멀뚱히 나를 올려다보던 녀석이 푹신한 방석 위에 엎드려 잠이 들었다. 편안한 송이의 모습을 보자 가슴 한가득 따뜻한 온기가 차올랐다.

혹시 또 모를 일이다. 오늘 밤은 나도 꿈이라는 것을 경험할지도. 여의주를 입에 문 용 한 마리가 멋지게 하늘로 승천하는 모습을 보게 될지도 말이다.

작가의 말

내가 지금의 내 아이보다 어릴 적 처음 너를 만났다. 네 아비와 어미가 누군지는 모르겠지만 너는 정말 새하얀 백설기 같았지. 까만 곳이라고는 두 눈과 코, 발바닥뿐이었으니까. 그 시절 나는 주말이면 시골 할머니 댁에 자주 놀러 갔었다. 영특한 너는 토요일마다 신작로까지 마중 나왔지.

눈이 오는 날 우리는 추수가 끝난 논밭을 하염없이 달렸다. 하얀 눈 속에서 새하얀 네 모습을 뒤쫓으며 나는 마냥 신났었다. 네 몸에서는 막 쪄 낸 고구마와 오래된 창고, 약간의 흙냄새가 고여 있었다.

너는 단 한 번도 사람들을 향해 송곳니를 내보인 적이 없었지. "이리 순해 집에 도둑이 와도 꼬리 치겠네" 네 하얀 머리를 어루만지며 할머니는 푸념 아닌 푸념을 내뱉었다. "지 흉보는지도 모르고 마냥 좋단다" 허허허 웃으며 말이다.

하루는 할머니 댁에 도착했는데 네가 보이지 않았다. 신작로까지 마중 나오던 너였는데. 너를 찾는 내게 할머니가 쯧쯧 혀를 차며 툇마루 아래를 가리켰다. 그곳에 네가 웅크리고 있었다. 네 새

하얀 털은 붉게 물들어 있었고 가까이 가려 하자 너는…… 너는 처음으로 내게 송곳니를 내보이며 으르렁거렸다. 사람이 아파 병원을 가려 해도 버스를 타고 한참을 가야 했던 시골이었다. 동물병원이라는 말조차 생소하던 시절이었지.

"큰길에서 차에 치였나 보다."

그 뒤로 너는 더 이상 나를 마중 나오지 못했다. 눈이 와도 텅 빈 논밭을 겅중거리지 못했다. 네가 완전히 사라졌으니까. 아마도 누군가가 너를 사라지게 했겠지.

그때 조금 더 울고불고 할머니에게 매달렸다면 우리 인연은 길어졌을까? 하지만 피를 흘리며 송곳니를 내보이던 네가 너무 낯설고 무서웠다. 그것이 네가 표현할 수 있는 유일한 고통이란 사실도 모른 채, 그래 나는 어리석고 겁 많은 꼬마였다. 나는 여전히 내가 같은 인간이라서 너에게 너무 미안한 세상에 살고 있다. 내가 없는 그곳에서는 부디 너희끼리 행복하게 살아가길 바란다. 인간 따위 절대…… 절대 마중 나오지 말고. 알았지?

이
송
현

스위치, ON

이송현

장편동화 『아빠가 나타났다!』로 마해송문학상을 수상하며 작품 활동을 시작했다. 『내 청춘, 시속 370km』로 사계절문학상을 수상했다. 지은 책으로 『나쁜 연애, 썸』 『라인』 『드림 셰프』 등이 있다. 그 밖에 조선일보 신춘문예 동시 부문, 서라벌문학상 신인상 등을 수상했다.

퍽을 날렸을 뿐이었다. 스틱에 퍽이 맞는 순간, 온몸에 전율이 일었다. 상대편 골리는 내 퍽을 막지 못했다. 환호성과 함께 전광판 스코어에 불이 들어와야 했지만 내게 날아든 것은 상대편 공격수의 욕지거리였다. 페이스오프 때부터 유난히 내 신경을 긁어 대던 녀석이었다.

"네 나라로 꺼져!"

스틱을 던지고 눈을 가늘게 뜬 상대방 공격수를 본 이상, 나는 페널티 따위에 주춤거리는 인간이 될 수는 없었다. 내 두뇌는 모욕을 견디기에 잘 학습되어 있을지 모르지만 내 근육은 모욕을 견디기에 인내심 부족이었다. 심판이 오기도 전에 나는 녀석에게 "개새끼!"라는 단말마와 함께 날아 차기를 시도했다. 스케이트 날은 그 여느 때보다 날카로웠고 내 마음 또한 칼날처럼 날 서 있었다. 결국 단 한 방으로 거구의 상대방을 빙판 위에 쓰러뜨렸다.

심판이 한데 엉킨 우리에게 달려들었다. 입 안이 터졌는지 피가 목구멍으로 흘러 넘어갔다. 잘못 맞았는지 귀가 멍멍했다. 심판이 나를 향해 뭐라고 떠들어 댔지만 무슨 말을 하는지 들리지 않았다. 우리 팀원들은 불구경하듯 날 바라보고 있었다. 섭섭하지 않았다. 한 팀이었으나 난 늘 빙판 위에서 혼자 싸웠다. 라일리가 벤치에서 고래고래 소리를 지르고 있었다. 유일한 아군, 라일리는 페널티벤치 신세라서 꼼짝할 수 없었다.

"내 말, 이해하겠니?"

이제 심판까지 날 병신 취급했다. 아이스하키 하는 아시아 소년을 바라보는 시선에서 나는 거대한 장벽을 봤다. 나는 아주 느리고 천천히 그러나 분명한 발음으로 말했다.

"Fuck you!"

모든 불리한 판정이 나를 향해 날아왔다. 나는 변명하지 않았다. 나 자신을 방어하지도 않았고 비겁하게 굴지도 않았다. 무슨 말을 하든 나는 온전한 승리자가 될 수 없는 인간이었다, 적어도 이 땅에서는.

이민자의 아들, 내가 이 땅에서 얻은 또 다른 이름이다. 대 놓고 무시하는 인간도 있고 뒤에서 무시하는 인간도 있다. 간혹 우리는 동등한 지구인이라고 하지만 그들의 속마음은…… 글쎄다. 인종차별을 운운하면 모두들 놀라고 경악스러워하지만 이 땅에 살면서 내가 느낀 것은 과연 몇이나 날 똑같은 인간으로 볼 것인가 하는 문제다.

아버지는 말한다. 세상 어디든 똑같고 세상 어디든 불평등은 존재한다고. 그래서 감내하라는 것인가? 오케이! 감내하라면 해야지. 그런데 나는 늘 아프다. 늘 상처받고 늘 움츠러든다. 그래서 캐나다로 이민 온 후, 아이스하키를 시작했다. 기죽지 않고 이 땅의 인간들이 가장 열광하는 스포츠의 중심에 서서 웃어 보려고 노력했다. 그런데 모든 것이 호락호락하지 않았다.

오늘 경기를 마지막으로 이번 시즌, 나는 모든 경기에서 제명됐다. 로커 룸에 들어오자마자, 나는 엘보 가드를 바닥에 내던졌다. 숨을 몰아쉬며 몸에서 장비들을 하나씩 떼어 냈다. 몸을 옥죄는 모든 것과 안녕이다. 더 이상 아이스하키 스케이트를 신는 일은 없으리라.

숄더 패드를 떼어 바닥에 내려놓자 비로소 어깨가 한결 가벼워졌다. 벽에 등을 천천히 기댔다. 몇몇이 인사치레로 별일 아니니 기운 내라며 입에 발린 소리를 건넸다. 감독은 내 쪽으로 고개조차 돌리지 않고 로커 룸을 나가 버렸다.

라일리가 초코바 하나를 내 무릎 위로 던졌다.

"온! 다온, 플리즈 스위치 온!"

라일리는 농담처럼 내 이름을 '다온'이 아닌 'ON'으로 불렀다. 특히 경기장 안으로 들어설 때면 녀석은 내게 "스위치 온, 레디?"

라며 피리어드 시작을 알렸다.

이제 농담도 끝났다. 나는 눈을 뜨지 않은 채 단단한 목소리로 말했다.

"라일리, 이제부터 난 스위치 오프야. 난…… 끝났어."

영상을 몇 번이고 돌려 봤다. 수비 라인에서 커버 업 할 때부터 상대편 녀석은 오버한다 싶을 정도로 날 몰아붙였다. 바디 체크도 상식선을 넘어설 정도로 과격했다. 아무리 아이스하키가 과격한 스포츠라고는 하지만 그 빌어먹을 녀석은 쓰레기였다. 로커룸에서 빠져나오기 전에서야 나는 왼쪽 팔꿈치가 예전 같지 않다는 것을 느꼈다.

전치 3주의 부상과 이번 시즌은 더 이상 경기장에 발을 들여놓을 수 없다는 것이 내가 이번 경기에서 얻은 결과였다. 방 안에 틀어박혀 내리 이틀을 죽은 듯이 잠만 잤다. 학교도 갈 필요가 없었다. 부상을 핑계로 한껏 늘어져서 침대와 혼연일체가 되기로 결심했다.

허리가 아팠다. 너무 침대에 붙어 있었나? 눈을 뜨니 밤의 적막이 포근한 이불처럼 내 몸 위로 내려앉았다. 열어 놓은 창문 탓에 커튼이 바람에 휘날렸다. 쌀쌀한 밤공기에 정신이 맑아지는 기분이었다. 나는 미적대며 침대에서 일어나 앉았다. 발바닥에 와 닿는 카펫의 푹신한 촉감에 피식 웃음이 났다. 의자 위에 널어놓은 후드티를 뒤집어썼다. 운동화 끈을 단단히 묶고 집을 나섰다.

습관처럼 나는 달리기 시작했다. 가로수가 즐비한 길을 따라 바다로 향했다. 꽤나 먼 거리이긴 했지만 야심한 시각 홀로 뛰는 기분이 나쁘지 않았다. 체온이 서서히 올라가고 이마와 목덜미, 등줄기를 따라 땀이 솟았다. 탁, 탁, 탁 바닥을 차는 소리가 정겹게 들렸다. 깁스를 한 팔꿈치가 거슬리긴 했지만 괜찮았다.

"강해지려면 달려야 한다. 천천히 말고 빠르게."

처음 아이스하키 스틱을 손에 쥐여 주던 아버지의 말이 가슴께에 묵직하게 내려앉았다. 나는 속도를 줄여 천천히 달렸다. 바다가 가까워졌다. 비릿한 내음이 밤의 적막을 뚫고 내게 몰려들었다. 운동화를 벗고 모래사장을 배회했다. 걷다, 뛰다를 반복했다.

파도 소리를 듣고 있자니 졸음이 몰려왔다. 풀썩, 모래 위에 앉았다. 달빛이 훤한 밤이었다. 한국에서도 이 달을 볼 수 있겠지? 모래 위에 천천히 몸을 뉘었다. 몸을 돌려 모로 누웠다.

"너, 뭐냐?"

내 시선 끝에 닿은 작은 생명체 하나가 모래 구덩이 밖으로 나오려고 발버둥 치고 있었다. 사투에 가까운 녀석의 몸부림에 허탈한 웃음이 나왔다. 새끼 거북이였다. 아마도 녀석은 낙오자일 것이다. 모래사장 그 어디에도 녀석과 비슷한 새끼 거북이의 모습은 보이지 않았다.

"루저 새끼! 넌 이미테이션이야. 스틱을 휘두른다고 아이스맨

이 될 순 없지. 알겠냐, 노란 원숭이?"

빙판 위에 섰던 수많은 날들, 스틱을 휘둘러 퍽을 날리는 횟수보다 훨씬 더 많은 수의 비아냥을 꾹꾹 눌러 삼켜야만 했다. 하지만 그들을 누르려면 실력으로, 무엇보다 그들이 제일로 치는 스포츠에서 일인자가 되는 것으로 나는 나를 증명하고 싶었다.

"너도 루저냐? 앞발에 힘을 더 줘야지, 거북아."

나는 새끼 거북이를 향해 후 하고 입김을 불어 주었다. 녀석의 작은 등 위를 덮은 모래 알갱이가 떨어졌다. 비록 아주 적은 수의 모래 알갱이일지라도 등딱지에서 떨어져 나간다면, 녀석의 발걸음이 좀 더 가벼워지지 않을까? 급기야 나는 밤하늘에 울려 퍼지도록 구령을 외쳤다.

"하나, 둘, 하나, 둘!"

타고난 운동 신경이라고는 꽝인 모양이었다.

"나는 네가 왜 여태 이 구덩이에서 발버둥 치고 있는지 알겠다. 그러니 네 형제자매들이 다 바다로 갈 때까지 혼자 이러고 있지."

좀 더 쉽게 나오라고 검지손가락으로 모래 구덩이의 턱을 살살 긁어 야트막하게 길을 터 줬다. 나는 손을 털고 일어나 집을 향해 발걸음을 옮겼다. 맨발에 묻은 모래를 털고 운동화를 신었다. 흘끔 구덩이를 쳐다보니 작은 거북이는 고전을 면치 못하고 있었다. 다치기라도 했는지 녀석의 움직임이 심상치 않았다. 작은 발이 뭉개져 있었다.

천천히 운동화 끈을 묶었다. 이 정도로 기다려 줬는데도 구덩이 탈출에 실패했다면, 녀석은 동이 트기 전에 포식자들의 맛있는 먹잇감으로 자신의 생을 마감할 것이 기정사실이었다.

"너, 나랑 갈래?"

내 말귀를 알아들었는지 버둥대던 작은 거북이가 꼼짝 않고 바닥에 납작 엎드렸다. 처음 상대편 바디 체크에 당해 차디찬 빙판 위에 널브러졌을 때의 기억이 오버랩 됐다. 나도 그때 바닥에 납작 엎드려 있었지, 다음을 도모하면서. 숨을 고르며 반격의 기회를 노렸다.

"모든 생명은 소중하니까. 그래서 너, 나랑 우리 집 가는 거다."

진정한 동물 애호가라면 자연의 위계질서를 어지럽히지 않는 법! 그러나 난 동물 애호가도 뭣도 아니다. 이대로 작은 새끼 거북이가 누군가의 밥이 되는 꼴은 용납할 수 없었다. 혼잣말을 끝으로 나는 새끼 거북이를 손바닥 위에 올렸다. 작지만 따뜻했고, 작지만 또렷한 움직임에 나는 다시 뛸 기운이 났다. 어쩌면 집으로 돌아가는 길이 왔던 시간보다 조금은 단축될 수 있을지도.

진찰대 위에서 바둥거리는 녀석의 필사적인 모습이 안쓰러웠다. 아직은 새끼라 연한 등딱지도 보호 장치가 되기엔 역부족이었다. 하긴, 내 아이스하키 보호 장구도 날 온전히 지켜 내지 못했으니까. 심지어 부서진 내 팔꿈치를 보고 있자면 새로 장만한 엘

보패드도 무용지물이었다는 게 증명된 셈이었다.

동물 병원의 수의사는 새끼 거북이가 붉은바다거북이란 사실을 알려 주었다. 손바닥 안에 들어오는 작은 녀석이 앞으로 잘만 자라 준다면 제 몸을 200킬로그램까지 거뜬히 불릴 수 있다는 사실까지. 나는 거대한 몸집으로 바닷속을 유유히 누빌 어린 거북이의 미래를 가늠해 봤다.

"앞발이 기형이구나."

새끼 거북이를 진료하던 의사가 덤덤한 목소리로 말했다. 바다로 돌아갈 녀석에게 기형이라는 앞발은 생존 가능성을 얼마나 떨어뜨리는 것일까? 해초 사이를 누비고 수면에 어른거리는 햇살을 가로지르며 여유롭게 유영하는 데에 녀석의 앞발은 과연, 걸림돌이 될까?

"이 발로 언젠가 바다에 돌아가야 할 건데……."

"제가 키우면 안 되겠죠?"

의사는 나를 보며 어깨를 한번 으쓱했다. 불가능했다. 녀석의 집은 드넓은 바다였으니까. 하지만 더러 제 집을 떠나 낯선 곳에서 뿌리를 내려야 하는 상황도 받아들여야 하지 않을까? 지금의 나처럼.

"진정한 동물 애호가라면, 자연생태계의 질서를 위해서라도 먹이사슬 구조에 위배되는 행위는 안 하겠지?"

나는 수의사의 말이 섭섭하지 않았다. 어차피 정해진 답이었다.

붉은바다거북이 바다로 돌아가 혼자서도 잘 지낼 수 있을 때까지만 돌보기로 약속했다. 병원을 나서면서 나는 콧방귀를 꼈다.

"동물 애호가 좋아하시네. 그런 건 개나 먹으라고 하고. 거북이, 넌 나랑 집에 가야겠다. 이렇게 어린 널 바다에 놔줬다간 그냥 개죽음이라고."

간밤에 녀석을 집에 데리고 오자마자 나는 인터넷으로 새끼 거북이 키우는 법을 검색했다. 절대적으로 신뢰하기에 미심쩍은 정보들이 난무했지만 내게 선택권은 별로 없었다. 날 고스란히 담는 녀석의 까만 눈망울을 보면서 나는 그저 살려야겠다, 다짐을 했다.

잠시 웅크리고 있던 녀석이 내 책상 위에서 아주 느리고 천천히 움직였다. 등 한가운데 작은 회오리 모양의 무늬가 인상적이었다. 녀석은 기어서 내 곁으로 다가왔다. 장난삼아 조금 멀찍이 떨어뜨려도 기어이 깁스한 내 팔꿈치 쪽으로 기어왔다.

"내 팔꿈치가 나을 동안만이라도 널 데리고 있을게. 그때까지 쑥쑥 잘 커야 한다."

나는 혼자 속으로 되뇌었다. 작은 거북이가 내 상처를 보았다고, 이 작은 친구는 내 아픔을 외면하지 않았다고, 내 팔꿈치 쪽으로 왔기 때문에 나 역시 너의 상처를 모른 척하지 않겠다고.

동물 병원에서 나오자마자 새끼 거북이를 데리고 대형마트로 갔다. 사료와 작은 수족관, 수족관 꾸미기에 필요한 이런저런 장비들을 구입했다. 그 바람에 얼마 되지도 않는 용돈이 날아갔다. 후회는 하지 않았다. 어차피 당분간 집 구석에서 뒹굴 예정이라 돈이 별로 필요 없었으니까.

"헤이, 다온."

이블린이었다. 사시사철 온갖 꽃나무가 뒤덮인 집에 사는 또래 여자아이였다. 이블린의 시선이 깁스한 내 팔꿈치에 와 닿았다. 이블린이 내게 던지는 눈빛의 깊이를 나는 매번 가늠하지 못했다.

"팔꿈치 뼈가 박살 났어. 상대 팀 개자식이 인정사정없이 스틱으로 후려치더라고. 별수 없잖아?"

나는 별일 아니라는 듯 어깨를 으쓱해 보였다. 이블린의 놀란 표정을 보자 더 고약하게 굴고 싶은 마음이 일었다. 하지만 오늘은 여기까지만 놀리기로 했다. 앞으로 이블린을 놀릴 시간은 많으니까. 어쩌면 학교를 때려치우고 이블린이랑 같이 홈스쿨링이라도 해야 할지도 몰랐다.

"꽥꽥이는?"

꽥꽥이는 이블린의 앵무새였다. 우리는 한 번도 앵무새가 소리 내는 것을 본 적이 없었다. 이블린의 앵무새는 사고로 소리를 내지 못했다. 교통사고를 당해 거리에 널브러져 있는 앵무새를 이블린이 치료해 주고 데려다 키운 게 꽥꽥이였다. 어차피 자연으로 돌아갈 수 없는 상태라 이블린은 기꺼이 꽥꽥이를 맡았다.

새하얀 깃털을 자랑하기라도 하는 듯, 꽥꽥이는 부리로 자신의 털을 고르고 있었다. 소리 내지 못하는 앵무새를 위해 나는 꽥꽥이라고 불렀다. 이블린은 처음에 그 이름을 질색하더니 이제는 익숙해졌는지 내가 꽥꽥이라고 불러도 개의치 않는 눈치였다.

"아이스하키는 다시 할 수 있대?"

"아이스하키는…… 이제 안 할 거야, 내가."

단호한 나의 태도에 이블린이 당황했다. 나는 이블린 눈앞에 쇼핑백을 들이밀었다.

"그래서 이제 나는 아이스하키 대신 거북이 아빠가 되어 보려고."

"뭐? 거북이 아빠?"

나는 작은 케이지 안에 들어 있던 새끼 거북이를 꺼내 이블린에게 인사시켰다.

"다온! 얘, 완전 어리잖아."

녀석의 느리고 작은 움직임에 이블린은 감동한 듯했다. 앙증맞은 앞발을 조심스레 움직이는 거북이의 모습에 이블린의 눈매가 부드럽게 휘었다.

"아직 이름을 못 지었어."

이름을 짓지 못했다는 나의 말에 이블린의 푸른 눈이 반짝였다. 이블린의 장난스러운 눈웃음에 나는 손사래를 쳤다.

"참고로 꽥꽥이 같은 이름은 안 지을 거야. 얜, 내 새끼니까."

"멀쩡한 이름을 짓게 되면 나한테 제일 먼저 알려 줘, 다온. 알겠지?"

이블린이 깁스한 내 팔꿈치에 살며시 손을 갖다 댔다. 그것이 그녀만의 응원이자 위로임을 안다. 하지만 늘 그랬듯이 나는 무심하게 모른 척했다.

나의 작은 거북이는 꽥꽥이와 별반 다르지 않은 이름을 갖게 됐다. 나는 녀석에게 자기만의 정체성을 찾아 주고 싶었다. 비록 캐나다의 바다에서 태어났지만 나와 인연을 맺은 순간, 녀석은 한국의 거북이였다. 가장 한국적인 이름이 필요했다.

점심을 건너뛰는 바람에 배에서 요동을 쳤다. 부엌 다용도실로 가서 과자를 찾아냈다. 한국 마트에 가서 사 온 과자가 몇 개 남아 있었다. 나는 남은 과자 봉지를 가슴에 안아 들고 방으로 올라갔다.

"꼬북칩?"

과자 봉지에 거북이 그림이 그려져 있었다. 거북이, 꼬북이…….
인터넷으로 검색하니 누군가의 블로그에 우스갯소리가 적혀 있었다.

꼬북칩을 사 주지 않는 남자와는 연애도 하지 마라!

그만큼 맛있단 뜻인가? 나는 봉지를 뜯어 과자 하나를 입에 넣었다. 바스락, 입 안에서 부서지는 식감이 나쁘지 않았다. 적당한 짭짤함과 고소함이 과자 봉지 안으로 손을 계속 들락거리게 만들었다. 작은 거북이가 과자 봉지 주변을 느리게 기었다. 나는 결심했다.

"네 이름은, 꼬부기야. 이꼬북."

나의 꼬부기는 꼬북칩 봉투에 호기심이 많았다. 작고 앙증맞은 앞발로 폴리에스테르 재질의 봉지를 살포시 눌렀다. 빠스락, 제법 경쾌한 소리였다. 느리고 작은 동작이었지만 분명 단호하고 단순한 행동을 꼬부기는 반복적으로 해내고 있었다.

"옳지. 그렇게 아픈 앞발을 움직여야 건강해지지. 잘한다!"

녀석의 등딱지를 톡톡 두드려 주었다. 응원의 손길이었다. 내게 응원의 손길이 필요 없다고 해서 나의 거북이에게까지 그 손길을 거둘 만큼 인정머리 없는 놈이 아니다, 난.

팔꿈치는 더디게 아물 모양이었다. 사흘 만에 간 학교에서 나는 또다시 사건의 주인공이 되어야 했다.

"우리 팀에 아시안은 사절이라고 내가 예전부터 말했잖아. 저 자식만 아니었으면 이길 경기였어. 미친놈같이 날뛰는 바람에 다 이긴 경기를 망쳤다고!"

가일이었다. 나와 늘 포워드 경쟁을 하는 녀석이다. 스피드는 나보다 달리지만 커다란 덩치 덕분에 바디 체크 하나는 무식할 정도로 우직하게 잘하는 짐승이랄까. 하지만 끊임없이 내게 "넌 아시안이야"를 귀에 딱지가 앉을 정도로 반복하는 녀석이기도 했다. 가일 녀석의 머릿속에는 '아이스하키=백인 스포츠'라는 공식이 새겨져 있는 것이 분명했다.

"알아들었으니 그만해."

나는 점잖게 굴었다. 꼬부기에게 주려고 챙겨 둔 꼬북칩을 사물함에 넣으려는 찰나, 가일이 내 뒷덜미를 잡아챘다. 그 바람에 꼬북칩이 바닥에 떨어졌고 가일의 발밑에서 꼬북칩 봉지가 터졌다. 바닷가 구덩이에서 나오려고 안간힘을 쓰던 꼬부기의 발버둥치던 모습이 뇌리를 스쳤다. 반사작용이었다. 깁스한 팔을 들어 가일의 턱을 찍어 올렸다. 비명과 함께 녀석이 사물함 쪽으로 나뒹굴었다.

우리 둘의 소란에 아이들이 몰려들었다. 나는 더 이상 대놓고 무시하는 차별에 안 들리는 척, 괜찮은 척 하지 않으리라 다짐했다. 도덕적인 삶의 방식을 이제는 떨치고 날 무시하는 인간들에게 정정당당한 방법으로 나의 존재를 알리고 싶었다. 가장 뜨거운 내 방식대로 나는 내게 향하는 멸시와 차별에 보란 듯이 당당하게 맘껏 반응하리라 다짐했다. 그 시작이 가일이었다.

"스틱 하나 제대로 못 휘두르면서 아이스하키가 백인만 하는 스포츠라고 누가 그래? 이 멍청한 새끼야!"

싸움은 외로웠다, 늘 그랬듯이. 알몸으로 빙판 위에 서 있는 것처럼 온몸이 시리고 쓸쓸했다. 얼마나 때리고 얼마나 맞았는지 기억조차 나지 않았다. 다만 눈앞이 흐려졌다. 뒤늦게 달려온 라일리가 내 겨드랑이에 손을 넣어 일으켜 줬다. 라일리에게 기대고 싶은 마음이 불쑥 튀어나왔다. 하지만 나는 라일리의 손을 뿌리치고 혼자 일어섰다. 내 걸음은 위태로웠고 눈앞은 안개 속을 헤매는 것처럼 희미했지만, 그 누구의 도움 없이 내 발로 섰으니 됐다.

정학 처분이 내려졌다. 시즌도 물 건너갔고 학교도 굿바이였다.

거실로 들어온 라일리는 운동화를 벗더니 소파에 털썩 주저앉았다.

"헤이, 온! 크래시드 아이스 경기 봤어? 딱 네 타입인데."

라일리는 긴 다리를 테이블 위에 올리더니 배고프다고 어리광을 부렸다. 텔레비전 리모컨을 찾는지 소파 쿠션을 뒤적거렸다. 나는 부엌으로 가서 간식을 챙겨 거실로 나갔다.

내게서 팝콘을 건네받은 라일리가 환하게 웃었다. 앞니가 날아가고 없었다. 지난 주, 경기에서 얻은 영광의 상처였다. 잘생긴 얼굴에 앞니 하나쯤 사라졌다고 큰일이야 있을까 싶지만, 라일리는 나의 부재가 낳은 결과라며 투덜댔다.

"캐러멜시럽 듬뿍, 맞지?"

한 주먹 가득 팝콘을 입 안으로 쑤셔 넣으며 라일리가 소파 옆자리를 손으로 탁탁 두드렸다.

"언제나 말하지만, 다온 너희 집은 정말 좋아. 앉아 있으면 마음이 편해지거든."

나는 라일리 옆에 털썩 몸을 뉘었다. 내 몫으로 가져온 꼬북칩을 뜯었다. 고소한 냄새가 공기 중에 퍼지자 라일리가 텔레비전에서 시선을 돌려 날 바라봤다.

"난 팝콘이고 넌 그 스낵 뭐냐?"

"한국 과자. 넌 그냥 팝콘이나 먹어."

나는 테이블에 놓아둔 꼬부기의 작은 수족관을 들어 무릎에 내려놓았다. 라일리는 새끼 거북이를 키우는 내가 낯설다고 했다. 내가 정학을 맞은 뒤로 라일리는 방과 후, 우리 집으로 출근 도장을 찍었다. 아버지는 내 상황을 두고 아무 말을 하지 않았고 엄마는 정착 처분 받았단 사실에 억지로 울음을 참았다. 부모님의 행동을 나는 어떻게 해석해야 할지 엄두가 안 났다. 무관심이라고 하기엔 두 분의 표정이 묘했고 관심이 지대하다고 하기엔 너무 조용했다.

"누구나 말하지 못할 사정이란 게 있는 법이니까."

아버지의 반응은 이게 전부였다. 그리고 두 분은 나를 집에 홀로 남겨 두고 주말 여행을 떠났다. 5년 만의 휴가였다. 내가 여덟 살에 이민을 온 이후, 두 분은 쉬는 날 없이 일했다. 한식당에서 조리사로 시작한 아버지가 자기만의 카페를 갖기까지 얼마나 노력했는지 설명하지 않아도 알 수 있었다. 카페를 차리고 어느 정도 여유가 생겼음에도 아버지는 휴가라는 단어조차 잊은 사람처럼 지냈다. 그런 두 분이 나의 정학 처분에 맞춰 여행을 계획한 것이다. 섭섭하기보다 홀가분했다. 조용히 혼자 집에서 빈둥대기에 그만이었다.

"온, 너희 아버지 이렇게 널 두고 가신 것 보면 널 버린 거 아냐?"

"상상력 끝내 준다, 라일리."

나는 라일리 손에서 텔레비전 리모컨을 빼앗아 채널을 이리저리 돌렸다. 습관이 무섭다더니 무심코 스포츠 채널을 틀었다. NHL(내셔널하키리그) 경기 중계가 한창이었다. 채널을 돌리고 싶었지만 애써 무시했다. 고등학교 졸업하고 나면 NHL에 드래프트되어 진출하겠다는 내 꿈을 라일리가 모를 리 없었다.

"부상에서 나으면……."

라일리가 아무 일 아니라는 듯 말을 꺼냈다. 나 역시 아무 일 아니라는 듯 라일리의 말을 받았다.

"내 팔꿈치는 끝났어, 라일리. 스틱을 다시 잡게 되는 일은 없을 거야."

"하지만…… 부상은 늘 달고 사는 게 우리 운명이라고."

지난 시즌, 라일리는 상대 팀이 날린 퍽에 잘못 맞아서 이마가 찢어졌다. 금발의 미남에게 미간의 흉터는 엄청난 인간미를 획득한 것이라고 허풍을 떨던 녀석의 유쾌함이 좋았다. 나는 꼬부기를 라일리에게 보여 주었다.

"난 이 친구와 함께 달릴 거야."

"어디로?"

라일리가 나를 빤히 쳐다보았다. 바다를 떠올리는 새파란 눈동자 속에 어색하게 웃고 있는 내가 있었다.

"밤을 달릴 거야. 아이스하키 경기장으론 돌아가지 않아."

우리는 잠자코 텔레비전 화면을 주시했다. 레드불 크래시드 아이스 경기 홍보가 한창이었다. 365미터의 경기장 위를 시속 50킬로미터 이상의 속도로 내달리는 경기, 크래시드 아이스! 아이스하키 복장을 한 선수들이 출발 신호와 함께 무서운 속도로 치고 나갔다. 굴곡진 경사로를 내달리고 오르며 질주하는 경기에 관중들이 미친 듯이 환호성을 질렀다.

아이스하키 경기장에서 경기 시작과 함께 늘 듣던 환호성이 그곳에도 존재했다. 스틱을 들고 빙판에 나설 때면 늘 내 귓가를 때리던 환호성 소리. 그것이 내 몫이 아니라고 해도 경기 시작 전, 환호성이 경기장 안을 가득 메우는 그 순간만은 모두가 나를, 나의 움직임을 응원하고 있다고 착각하게 만드는 행복한 시간이었다.

꼬부기는 늘 평화로웠다. 느리고 작은 동작으로 수족관 안을 기어 다니고, 먹이를 먹고, 나와 눈을 마주하고 일광욕도 즐겼다. 그 작은 생명체는 날 알아보았다. 가만히 있다가도 가끔 목을 빼고 주위를 두리번거리며 날 찾았다.

"나, 여기 있어."

작은 소리로 말해 주면 안심한 듯 다시 제 갈 길을 갔다.

어둠 속에 앉아 있는 일이 점점 익숙해졌다. 잠들지 않는 밤이 계속됐다. 불도 켜지 않은 방에서 어둠에 완전히 몸이 스며들 때까지 멍하니 앉아 있는 나날이 영원히 이어질 것만 같았다. 가끔, 아주 가끔 벽장을 바라보기도 했다. 벽장 안에는 그날 경기 이후 처박아 놓은 아이스하키 장비가 들어 있었다. 먼지가 쌓였겠지? 저 벽장문을 내 손으로 절대 열지 않으리라. 매번 아무렇지 않은 척했지만 분명 나는 상처받고 있었다. 세상의 그 어떤 보호구도 날 온전히 지켜 주지 못했다. 나는 단단하지 않았다. 아직은 무르고 여린 존재…… 어쩌면 나 또한 꼬부기와 다를 바 없을지도 몰랐다.

식은땀이 등줄기를 타고 흘렀다. 혈관을 타고 흐르는 정체 모를 열기에 나는 운동화를 신었다. 야간 조깅을 하기로 했다.

"가자, 꼬북아."

나는 꼬부기를 처음 만났던 해변을 향해 밤길을 달렸다. 가슴팍에 주머니가 달린 면 티셔츠를 입고 가슴에 꼬부기를 넣었다. 달리는 동안, 꼬부기가 기형이라는 그 작은 앞발로 내 심장을 토닥토닥 매만졌다. 우리는 함께 뛰고 있는 셈이었다.

지쳤는지 모래사장에 발이 푹푹 빠졌다. 천근같이 느껴지는 발의 무게에 당혹스러웠다. 운동을 쉰 탓에 체력이 바닥났나? 나는 모래사장에 벌렁 누웠다. 한낮, 태양의 열기를 품었던 모래가 아직 희미하게나마 온기를 품고 있었다.

나는 밤하늘을 읽을 수 없었다. 별이 떠 있었고 적당한 구름이 달을 반쯤 가린 밤이었다. 아주 어릴 적, 엄마는 내가 아플 때마다 달님에게 빌었다.

"우리 다온이 빨리 낫게 해 주세요."

덕분에 나는 밤이 무섭지 않았다. 달이 떠오르는 밤이면 뭐든 견뎌 낼 수 있을 것 같은 기분에 휩싸이곤 했다. 꼬부기를 모래 위에 내려놓았다. 내 옆에서 한동안 꼼짝 않다가 이내 한 발 한 발 앞으로 나아가는 꼬부기의 모습을 지켜보고 있자니 혈관이 뜨거워졌다. 모래 위에 작은 앞발을 꾹꾹 눌러 놓는 꼬부기. 모래 위에 제 흔적을 새기려는 듯 녀석은 한 걸음, 한 걸음이 정성스러웠다.

"네가 나보다 낫구나. 용기 있어, 너."

괜한 심술에 손가락으로 모래를 튕겼다. 모래 더미를 뒤집어쓰면서도 꼬부기는 앞으로 나아가는 발걸음을 멈추지 않았다. 녀석은 파도가 일렁이는 바다를 향해 작은 걸음을 옮기고 있었다. 본능이었다.

말도 잘 통하지도 않는 상황에서 아이스하키를 하는 또래 아이들을 보고 "엄마, 나도!"라고 졸랐던 것이 캐나다에서 나의 첫 기억이었다. 태어날 때 스틱을 잡고 태어난다는 캐나다 아이들과는 다르게 나는 작고 허약했다. 병치레가 많은 어린 날이었다. 하지만 나는 그 단단한 막대와 무지막지해 보이는 복장에 흠뻑 마음을 뺏겼다. 특히 헬멧은 나를 영웅으로 만들 수 있는 도구였다. 나의 아이스하키 첫 헬멧에는 '슈퍼맨 이다온'이라고 삐뚤한 모양의 한글이 적혀 있었다.

수많은 날을 빙판 위에서 구르고 뛰었다. 다치고 울고 다시 일어서고 달렸다. 매일매일 새로운 상처가 몸을 장식했다. 날 그저 작고 힘없는 동양 아이라고 끼워 주지 않던 동네 녀석들이 나와 함께 빙판 위에서 몸을 부딪치며 자랐다. 그렇게 사귄 첫 친구가 라일리였다. 빙판 위에서 땀을 흘리는 시간이 길어진 만큼 나는 이 나라에서 이방인이 아닌 평범한 사람으로 잘 자랄 수 있을 것 같았다. 하지만 스틱을 들고 프로를 꿈꾸기 시작하자, 나는 예상치 못한 장벽과 대면해야만 했다.

"파도는 험난하고 넌 그걸 뛰어넘어야만 해. 할 수 있겠어, 꼬북?"

나는 계속해서 꼬부기에게 모래를 뿌렸다. 포기할 법도 한데 꼬부기는 잠시 멈춰 숨을 고르는 듯 하더니 묵묵히 바다를 향해 몸을 움직였다. 나의 패배였다. 꼬부기는 절대 작은 몸놀림을 멈추지 않았다. 나는 천천히 몸을 일으켰다. 그리고 꼬부기 옆에 섰다.

"내 가슴 안에만 있어. 그럼 넌, 세상에서 가장 빠른 거북이가 되는 거야."

구름에 가렸던 달이 온전히 제 모습을 드러냈다. 달빛이 천천히 나에게 내려왔다. 크게 심호흡을 하고 어둠 속에 잠겨 있는 먼 바다를 한껏 노려보았다.

BBC 다큐멘터리에 이렇게 심취한 적이 있었나? 〈야생의 바다 동물〉 편을 보면서 나는 메모까지 했다. 어쩌면 나는 언젠가 바다로 돌아갈 꼬부기를 염두에 두고 있는지도 모르겠다. 텔레비전 화면 가득 시퍼런 바닷물이 들어찼다. 그곳은 어둡고 고요하고 한없이 깊었다. 나는 사각의 평평한 수족관 안에서 유유히 움직이는 꼬부기의 모습을 지켜보았다. 꼬부기의 작은 수족관 안으로 텔레비전 속 바다가 비쳐 들었다. 이 작은 친구가 거친 파도를 뚫고, 헤엄을 치고, 먹이를 사냥하고, 앞을 향해 나아가는 모습을 도저히 상상할 수가 없었다. 내 몸이 파도에 부서지는 것 같았고 차고 깊은 어둠이 내 팔과 다리를 묶는 것 같았다.

초인종 소리에 먹이를 먹던 꼬부기가 고개를 번쩍 들었다. 나는 계속 먹으라는 듯 꼬부기 등을 톡톡 두드려 주고 현관으로 나갔다. 이블린이었다. 겁에 잔뜩 질린 얼굴을 하고 있었다. 안 그래도 창백해 보이는 이블린의 얼굴이 더없이 하얗게 질려 있었다.

"다온, 같이 꽥꽥이 찾아 줄래?"

나는 대답 없이 이블린의 손을 잡았다. 큰길을 따라 걸었다. 이블린이 "꽥꽥아!" 소리쳐 불렀지만 바보 같은 짓이었다. 어차피 꽥꽥이는 대답할 수 없는 성대를 가진 친구였으니까. 하지만 난 이블린의 행동을 지적하지 않았다. 시간이 흐를수록, 우리가 돌아다닌 골목길의 수가 늘어 갈수록 이블린은 무너지기 시작했다.

이블린이 울었다. 대놓고 내 품에 안겨 울었다. 나와 연애한다고 짓궂은 녀석들에게 놀림을 받을 때도 울지 않던 애였다. 물론 우리의 연애는 실제가 아니었고 가일 녀석이 꾸며 댄 헛소문이었다.

"다온, 너랑 연애하는 게 어때서? 네가 외계인이야? 넌 그냥 다온이잖아."

날 놀리던 가일 무리 앞에서 보란 듯이 내 손을 꼭 잡던 이블린이 지금은 울고 있었다.

"난 이기적인 애야. 꽥꽥이를 잘 치료해서 자연으로 돌려보낼 수도 있었는데……. 난 모른 척했던 거야. 또다시 혼자가 되는 게 싫어서……."

골목 사이사이를 돌아다니며 꽥꽥이가 갈 법한 수풀까지도 뒤졌다. 그리고 우리 둘 다 지쳐 갈 때쯤 동네 끝자락 쓰레기통 근처에서 죽은 꽥꽥이를 발견했다. 나는 재빨리 이블린을 내 품으로 끌어당겼다. 본능이었다. 제 눈으로 꽥꽥이의 죽음을 목격한다는 것은 충격이 될 게 뻔했다. 나는 상처의 쓰라림을 그 누구보다 잘 안다.

살면서 제대로 굿바이 할 수 있는 타이밍이란 것이 과연 올까? 모르겠다. 새장 안에 꽉꽉 가둬 두지 않은 자기 탓이라고 이블린은 자책했다. 평소 얌전하고 겁이 많아 정원을 넘어서지 않던 꽥꽥이가 저 혼자서 담장을 넘은 것은 기적에 가까운 일이었다. 그 새가 기적을 일으켰다. 그리고 그 기적은 죽음으로 다가왔다. 누군가 쓰레기통 근처에 뿌려 놓은 독이 묻은 음식물을 꽥꽥이는 의심 없이 먹었다. 아마도 쥐를 잡으려는 사람들이 한 짓일 것이다.

"보지 마, 이블린."

달달 떠는 손으로 이블린이 내 품에 안겨 셔츠를 움켜잡았다. 멱살이 잡혔지만 괜찮았다. 그러나 이블린은 괜찮지 못했다.

"다온, 이럴 줄 알았으면 고집부리지 말고 꽥꽥이…… 동물 보호 단체에 넘겨줄 걸 그랬어, 그때 말이야."

나는 그러는 편이 좋았다고 말하지 않았다. 진짜 속내를 숨길수록 좋은 때도 있는 법이다. 부모님의 이혼으로 쌍둥이 자매랑 헤어진 이후, 이블린에게 나타난 꽥꽥이는 그녀에게 전부였다. 가끔 꽥꽥이를 '에밀리'라고 부른다는 것을 나는 알고 있었다. 에밀리는 이블린의 자매였다.

"다온."

"응?"

"너는 절대 꼬부기랑 굿바이도 못 하고 헤어지지 마. 그러지 마, 응?"

"알았어."

나는 이블린의 손을 잡았다. 내가 이블린의 손을 먼저 잡은 것은 오늘이 처음이었다. 언젠가 꼬부기랑 헤어지더라도 나는 눈물

없이 그리고 기꺼운 마음으로 굿바이 인사 후에 보내 줄게. 그날이 언제가 될지 예측할 수 없지만 최대한 오랜 시간이 흐른 뒤가 되기를 마음속으로 바랐다.

사람들이 눈앞에서 날았다. 눈으로 따라잡을 수 없을 만큼의 빠른 속도로 얼음 트랙 위를 내달렸다. 활강 속도를 이겨 내지 못한 선수 몇몇이 빙판 위를 나뒹굴었다. 그러나 제자리에 멈춰 선 선수는 없었다. 그들은 다시 일어나서 달렸다. 간혹 얼음 장벽의 높이에 못 미쳐서 다시 아래로 곤두박질쳤지만 절대 포기하지 않았다.

마지막 경기에서 빙판 위에 누워 버렸던 내 모습이 뇌리에 스쳤다. 몇 번이고 일어나 주먹을 휘두르던 내 모습이 떠올라 입 안이 썼다. 가슴팍에서 꼬부기가 꼬물거렸다. 나는 손안에 꼬부기를 올려놨다. 눈앞에 펼쳐진 속도전에 꼬부기는 어떤 생각을 할까?

"온, 가일 녀석이야. 저기."

라일리가 옆구리를 쿡 찔렀다. 트랙 건너편으로 가일 무리의 모습이 보였다. 녀석의 시선이 트랙에 꽂혀 있었다. 크래시드 아이스 경기에 흠뻑 빠진 녀석의 모습이 흥미로웠다. 누군가를 괴롭히는 일 이외에 제정신을 온전히 뺏기는 경험이 저 녀석에게도 있단 말인가? 스틱 없이 빙판 위에서 가일이 제대로 서 있기나 할까? 비웃음이 입가에 흘렀다.

내 마음을 읽기라도 하듯, 녀석이 트랙을 가로질러 내게 시선을 보내왔다. 우호적인 눈빛은 결코 아니었다. 녀석이 내 눈을 보고 씩 웃더니 손을 들어 제 목을 긋는 시늉을 했다. 사그라들던 뜨거운 열기가 치솟았다. 가일의 행동은 엄연한 도발이었다.

꼬부기가 내 손안에서 발버둥 쳤다. 며칠 전 동물 병원 수의사는 꼬부기의 상태를 살피더니 머지않아 바다로 돌아갈 수 있을 거라고 확신했다. 꼬부기의 기형인 앞발을 언급했지만 수의사는 내 걱정이 아무것도 아니라는 듯 간단히 무시했다. 인간도 동물도 그 어떤 생명체도 완벽한 신체를 갖는 것은 무리라고 했다. 누구나 작은 핸디캡은 지니고 삶을 살아 낸다는 것!

"할 거야, 온?"

라일리가 내게 물었다. 나는 주저하지 않았다. 엄지손가락을 들어 보이며 싱끗 웃었다. 크래시드 아이스 예선경기가 진행 중이었다. 지역, 인종, 경력 그 무엇도 장벽이 될 수 없었다. 질주 본능만 있다면 누구나 뛸 수 있었다.

"스위치 온!"

내 대답은 이것으로 충분했다. 라일리는 알아들었다는 듯 윙크를 날렸다. 도심 한복판에 설치된 크래시드 아이스 경기장 앞에서 내린 충동적인 나의 결정이 어쩌면, 내 운명을 조금은 바꿔 놓을지도 모르겠다는 생각을 아주 잠시 했다. 그리고 나는 새로운 빙판 위에 도전장을 내밀었다.

모래사장 위에 사진을 하나, 둘 꽂았다. 프린터로 출력한 붉은바다거북의 천적들 사진이었다. 몇몇 사진은 인쇄 상태가 별로였다.

"이꼬북, 다 자랄 때까지는 피해야 할 친구들이야. 설령 다시 육지로 오더라도 뱀, 너구리, 여우 같은 애들은 만나면 안 돼."

작은 물웅덩이 속에서 꼬부기는 뒷발을 분주히 움직이며 헤엄을 쳤다. 아직 어린 탓에 지금은 뒷다리만 이용해서 헤엄을 친다지만, 나중에 자라서는 앞다리도 쓰면서 헤엄쳐야 한다는데 그것이 꼬부기에게 가능할지 의문이었다.

노란빛이 선명한 머리와 등딱지 부분에 저녁 햇살이 내려앉았다. 꼬부기의 등이 온통 주황빛으로 물들었다. 저녁 햇살은 누구에게나 공평했다. 깨졌던 내 팔꿈치에도 햇살이 비쳤다. 깁스를 푼지 이틀이 지났다. 경직됐던 어깨를 살살 돌렸다.

꼬부기는 물웅덩이에서 나와서 날 향해 고개를 돌렸다. 나는 작게 손을 흔들어 줬다. 꼬부기가 날 보고 웃는 것 같은 건 기분 탓일까. 녀석은 이제 작은 앞다리로 모래를 팠다. 서툰 몸짓이었지만 녀석은 최선을 다하고 있었다, 어린 날의 나처럼.

"다온, 온!"

라일리가 모래사장을 가로질러 왔다. 부피가 제법 되는 물건을 양손에 들고 있었다. 햇살이 라일리의 금발에 쏟아져 내렸다. 환한 빛이 눈부셨다. 내게 구원자 같은 녀석이었다. 빙판 위에 처음으로 나뒹굴었을 때 머뭇거리지 않고 작은 동양 소년에게 손을 내밀었던 친구.

라일리가 자리에 앉기 전에 꼬부기를 알아보고 "하이, 꼬부기"라고 인사했다. 그리고 내 손에 들고 온 물건을 건넸다. 아이스하키 헬멧이었다. 아무것도 그려지지 않은 새하얀 헬멧을 손에 쥐고 난 할 말을 잃었다. 그 흔한 '땡큐'라는 인사조차 건네지 못했다. 라일리 역시 감사 인사를 바라고 내 손에 헬멧을 쥐여 준 것이 아닐 테니까.

"아이스하키 다시 하란 뜻 아니야. 크래시드 아이스! 맨머리로 나갈 순 없잖아. 그렇다고 쓰던 헬멧 쓰면 기분이 안 나잖아?"

라일리가 내게 윙크를 건넸다. 감았다 뜨는 작은 움직임 속에 새파란 하늘이 펼쳐졌다. 라일리의 투명해 보이는 파란 눈동자 속에서 나는 희망을 본 것 같았다. 꼬부기가 언젠가 헤엄칠 바닷속도 어두컴컴하지만은 않을 것이다. 라일리의 눈처럼 푸르고 밝은 빛을 한껏 머금은 바다도 만나게 되겠지.

"그런데 왜 하필 아무 장식도 없는 하얀 헬멧이냐? 라일리, 네 취향 좀 더 요란한 쪽 아니었어?"

녀석이 꼬부기를 제 손에 올려 두고 후, 입으로 바람을 만들어 모래를 털어 냈다. 라일리의 따뜻한 입김에 꼬부기가 몸을 움츠리기는커녕 고개를 쑥 내밀었다.

"옛날에, 네가 처음 썼던 그 헬멧이 생각났어. 낡고 작은 헬멧 말이야. 내가 읽을 수 없는 언어로 뭔가를 적어 놨던 그 헬멧, 기억나?"

물론이었다. 내 인생 첫 번째 헬멧이었다. '슈퍼맨'을 한글로 또박또박 적어 놓은 헬멧. 나중에 라일리가 무슨 글자냐고, 무슨 뜻이냐고 물었을 때 나는 똑똑히 대답해 주었다.

"슈퍼맨, 천하무적이란 거야. 내가!"

그래서일까? 라일리는 종종 날 "캡틴!"이라고 소리쳐 부르기도 했다. 라일리가 새하얀 헬멧을 긴 손가락으로 톡톡 두드렸다. 정수리 부분에서 이마 앞쪽으로 내려오는 라일리의 손길을 나는 멀뚱히 주시했다.

"여기에다가 써, 다온. 스위치 온!"

"슈퍼맨이라고 쓰지 말고?"

내 반문에 라일리가 킥킥거렸다. 녀석이 내 등을 툭 쳤다.

"슈퍼맨은 너무 유아틱하잖아. 우리 이제 열일곱이라고."

오늘 밤, 나에게는 할 일이 생겼다. 보름달처럼 둥근 헬멧을 품에 안고 나는 밤이 새도록 고민할 것이다. 내 육신에, 내 가슴에 새겨 둘 단어를 말이다.

광장 앞에 대형 스크린이 설치됐다. 화면 속, 선수들은 출발 신호와 함께 빙판 위를 날았다. 예선부터 광고가 대단했다. 경기장으로 오기 전, 꼬부기의 진료를 위해 동물 병원에 다녀왔다. 수의사는 날이 더 추워지기 전에 꼬부기를 바다로 돌려 보내야 좋다고 했다. 보통 바다거북은 9도 정도의 기온이면 추워서 기절한다는데 꼬부기는 아직 어려서 다 자란 성인 거북보다 추위에 강하다고 했다. 굿바이 시간이 우리에게 다가오고 있었다.

"아직은 아냐. 꼬부기 넌 빠르게 달리는 법을 아직 안 배웠잖아."

주문같이 중얼거렸다. 그런 내게 동의라도 하듯 꼬부기가 고개를 들었다.

"우리 함께 달리는 거야!"

크래시드 아이스 경기에 출전하기로 마음먹은 순간, 나는 이 트랙의 결승선에 선 내 모습을 상상했다. 그 자리에 꼬부기도 있었다.

간밤에 나는 꼬부기 앞에서 벽장을 열었다. 아이스하키 장비들을 하나씩 꺼냈다. 그리고 다시 아이스하키 복장을 갖추고 빙판으로 나섰다. 365킬로미터 거리를 시속 50킬로미터 이상의 속도로 질주하는 경기! 가파른 빙판에서 뛰어내리고, 언덕 위를 점프하고, 구르고 넘어지고 깨지고 다쳐도 나는, 무슨 수를 써서라도 제일 먼저 결승선에 도착한다! 스케이트 끈을 다시 한번 단단히 고쳐 묶었다. 하필이면 가일이 1번 레인에 섰다.

"헬멧에 뭐라고 쓴 거야? 그 거북이 그림은 뭐고? 넌자 거북이라도 되겠단 거냐?"

가일의 비아냥은 여전했다. 스포츠 정신이란 것을 녀석에게 기대하기란 어렵지. 어쩌면 녀석은 트랙을 달리는 내내 몸싸움을 시도할지도 모르겠다. 어리석게 반응하지 않을 것이라 결심했다. 내 가슴엔 꼬부기가 있으니까.

"글자 못 읽으면 가만히 있어. 이 글자 읽는 순간, 가일 넌 패배자가 될 테니까."

라일리에게 받았던 새하얀 헬멧은 장수의 투구로 변신했다. 비록 인터넷에 의존했지만 나는 이순신 장군의 투구를 내 헬멧에 재현했다. 검정 바탕에 노란빛 선으로 꼬부기를 그렸다. 빠르게 달리는 법을 터득한 꼬부기가 다 자라 깊고 검푸른 바닷속을 힘차게 헤엄치는 모습! 정수리에서 이마로 내려오면서 한글로 '온'이라고 적었다. 무늬처럼 어우러진 글자와 그림들이 단단하게 하나로 어우러졌다.

출발선에 섰다. 나는 장갑 낀 손으로 왼쪽 가슴을 살짝 두드렸다. 출발대 아래 펼쳐진 가파른 빙판길을 바라보았다. 거친 파도가 우리에게 밀려오는 상상을 한다. 차가운 물살이 우리 몸을 휘어 감는 장면을 떠올린다. 그래도 우리는 괜찮다. 수많은 밤을 함께 연습했으니까. 빙판 위를 달리면서 온몸이 멍투성이가 됐지만 포기하지 않았다. 바다를 걷고 뛰면서 혼자가 아니라는 사실을 알았으니까. 밤을 달려서 이 세계의 끝을 향해 나아가는 방법을 조금씩 터득하고 있으니까. 다 괜찮을지도 모른다고.

"레디!"

출발 신호와 함께 빙판 위를 날았다. 최대한 몸을 날려 선두 자리를 차지해야만 했다. 별이 유난히 많은 밤이었다. 빙판 위로 날아오르는 나 또한 별처럼 빛났을까?

무릎 높이의 경사진 언덕을 거침없이 질주했다. 살면서 단 한 순간도 평탄한 평지를 걸어 본 기억이 없었다. 숨이 턱까지 차올랐다. 호흡이 가빠질수록 내가 온전히 살아 있음을 느꼈다.

이제부터 내 인생, 제대로 스위치 ON이다.

작가의 말

중학교 2학년 봄이었을 거다. 록밴드 라디오헤드의 〈Creep〉을 수시로 들었다. 그리고 거북이 한 마리를 키웠다. 남동생이 키우겠다고 데려온 동물이었는데 아마도 자라가 아니었을까? 나는 그 친구를 "거북아"라고 불렀다.

거북이와 내가 가까워진 것은 수학 때문이었다. 중2, 그 무렵 나는 라디오헤드와 수학에 미쳐 있는 여자아이였다. 그리고 거북이는 내가 수학 문제를 풀 동안, 내 책상 정면에 자리 잡은 빨간 라디오 위에서 왕복운동을 했다. 그 친구는 늘 왼쪽에서 오른쪽으로 천천히 그러나 한 걸음 한 걸음 우직하게 걸어 나갔다.

"그래! 거북이가 라디오 오른쪽 끝에 도착하기 전까지 반드시 풀어내자!"

거북이 친구의 걸음은 비가 오나 눈이 오나 바람이 부나 날이 맑을 때나 궂을 때나 한결같았다. 천천히 그러나 단단한 한 걸음 한 걸음! 나 역시 쉬운 문제를 만났을 때나 어려워서 미칠 것 같은 문제를 만났을 때나 포기하지 않게 됐다. '거북이'란 호칭은 '꼬물아', '귀염둥아' 뭐, 이런 식으로 애정이 슬쩍슬쩍 묻어나는 것으로 둔갑하기도 했다.

그러던 어느 날! 빨간 라디오 위, 그 친구가 감쪽같이 사라졌다. 애당초 우리 집에 없었던 존재처럼 그렇게 증발해 버렸다. 장롱 밑은 물론이고 화장실 하수구, 밖으로 나가 정원까지 샅샅이 온 집 안을 다 뒤졌다. 거북이는 끝끝내 나타나지 않았다. 외계인이었다고 그래서 제 별로 기어가 버린 것이라고 그렇게 스스로를 위로했다.

이 글을 쓰는 겨울, 잊고 있던 내 마음 속 거북이를 끄집어냈다. 「스위치, ON」을 쓰면서 분명, 재미난 이야기를 쓰겠다고 책상 앞에 앉았는데 빨간 라디오 위, 거북이 친구가 생각나서 "너, 지금 어딨니?"란 물음만 머릿속에 띄워 놓았다. 그래서 조금 빨리 달려보기로 했다. 바람을 가르고, 시간을 거슬러 올라…… 글을 쓰는 동안 빨간 라디오 위, 그 친구를 만나러 가기로. 오랜만에 라디오헤드 노래도 들었다. When you were here before…….

으랏차차, 이송현

최양선

냄새로 만나

최양선

장편동화 『몬스터 바이러스 도시』로 문학동네어린이문학상을 수상하며 작품 활동을 시작했다. 『지도에 없는 마을』로 창비 '좋은 어린이 책' 원고 공모 창작 부문 대상을 수상했다. 지은 책으로 『별과 고양이와 우리』 『용의 미래』 『밤을 건너는 소년』 등이 있다.

1

은빛 창살 사이로 누런 털의 개와 흰색 단화가 지나갔다. 그 순간 바람은 고소하고 달콤한 냄새를 실어다 주었다. 킁킁, 킁킁. 처음이 아닌 듯한 냄새가 코끝에 맴돌았다. 시간을 확인하니 오후 5시. 밤새 게임을 하다가 새벽녘에야 잠이 들었다. 토요일을 평화롭게 시작한 지 삼 주째였다. 이제 오와 최가 날 찾지 않는 걸까.

일어나 냉장고 문을 열었다. 플라스틱 용기와 김치, 장아찌, 멸치볶음……. 반찬 냄새가 콧구멍으로 빨려 들어왔다. 킁킁, 킁킁 그 속에서 달짝지근한 향수 냄새가 느껴졌다. 냉장고 문을 닫아버리고 찬장 문을 열었다. 컵라면 한 개가 덩그러니 있었다. 주전자에 물을 담아 가스레인지에 올리고 불을 켰다.

라면에 뜨거운 물을 붓자 스마트폰 벨이 울렸다. 꼬깃꼬깃 접

히듯 오그라든 심장은 아빠인 걸 확인한 뒤 펼쳐졌다.

"일어났니?"

"네."

"목소리 들으니, 이제 깼구나. 밤새 게임한 거니?"

"아니에요."

한숨 뒤 아빠 목소리가 이어졌다.

"학원이라도 다녀야 하는 것 아니니?"

"쓸데없는 데 돈 쓰지 마세요."

"말하는 본새 하고는."

"……."

"반찬은, 다 먹었어?"

나는 그렇다고 말했다. 그런데 이상하다. 아빠 목소리가 부드러워졌다. 아줌마가 옆에서 아빠 옆구리라도 찌르는 걸까.

"월요일에 또 부칠게."

아빠는 한마디 하더니 말을 멈추었다. 그사이 스마트폰 너머에서 지나가는 차 소리가 들려왔다.

"엄마가 네 걱정 많이 해."

화가 치밀었다.

"엄마요? 어디다 엄마를 붙여요?"

"언제까지 어린애처럼 굴 거니?"

"그런 말 할 거면 다시는 전화하지 마세요."

나는 전화를 끊어 버렸다. 몸에서 기운이 쭉 빠져나가는 듯했다.

컵라면 뚜껑을 벗겨 내니 라면 국물이 졸아들고 면은 퉁퉁 불어 있었다. 갑자기 입맛이 사라졌다. 싱크대 서랍을 열었다. 만 원짜리 세 장, 천 원짜리 네 장 그리고 동전 몇 개가 의미 없는 무늬로 흩어져 있었다. 생활비를 게임 머니로 날려 이 돈으로 일주일을 살아야 한다. 억지로라도 라면을 먹기 위해 젓가락으로 면발을 집어 입 안에 넣었다. 목이 턱 막혀 왔다. 그날, 차가운 김밥을 목구멍으로 욱여넣었던 것처럼.

초등학교 5학년 때 엄마가 돌아가신 뒤 아빠와 나는 힘든 시간을 보냈다. 아빠가 다시 일을 시작하면서 왠지 모를 안도감이 들었다. 아빠는 택배 일을 했기 때문에 새벽에 나가 밤늦게 집으로 돌아왔다. 나는 아빠 몸에서 나던 땀 냄새를 좋아했다. 열심히 살고 있는 아빠의 체취였으니까.

중학생이 되고 언젠가부터 아빠 몸에서 향긋하고 달콤한 냄새가 나기 시작했다. 땀 냄새를 지우기 위해 향수를 뿌리는 건가 싶었다.

3학년 가을, 아빠는 아침 일찍 일어나 김밥을 싸고 있었다. 놀이공원에 갈 것이라고 했다. 놀이공원, 열여섯 살 아들과 나이 든 아빠가 갈 만한 곳인가 하는 생각이 잠시 스쳤지만 씻는 내내 나는 노래를 흥얼거리고 있었다.

놀이공원 입구에 도착하자 아빠는 잠시 기다리라고 했다. 곧 돌아오겠다며. 그리고 나타난 아빠 옆에 낯선 아줌마가 서 있었다. 아빠 얼굴에는 행복한 미소가 떠나지 않았다. 정성을 다해 싼 도시락은 아줌마를 위한 것이었다. 엄마에게는 한 번도 보여 주지 않았던 모습…….

셋이 나란히 걷는 게 거북스러워 한 발짝 뒤로 물러섰다. 둘 사이에서 나는 점점 희미해져만 갔다. 유리창에 비친 아련한 형체처럼. 나는 사라지지 않으려, 코를 킁킁거리며 냄새를 맡았다. 위기의 순간에 나를 지키는 방법이 그것뿐이라는 게 서글펐다.

얼마 뒤 아빠는 택배 회사를 그만두고 지방으로 내려갈 것이라고 말했다. 당연히 나도 함께 가야 한다고 했다. 아빠가 가려는 곳에는 아줌마와 분식집이 있었다. 나는 이곳에 남겠다고 했다. 두 달만 지나면 열일곱 살이 되고 혼자서도 충분히 살아 낼 수 있었으니까.

창밖에서 남자아이들의 목소리가 들려왔다. 욕이 섞인 거친 목소리, 질질 끌리는 슬리퍼 소리. 가슴이 두근거렸다. 쿵쿵, 쿵쿵. 오와 최의 몸에 박제된 담배와 술 냄새가 나는 듯했다. 밖에서 안이 보이지 않는 벽 쪽에 등을 붙였다. 숨을 죽이고 창밖으로 귀를 기울였다. 다행히, 소리와 냄새는 점차 멀어졌다. 하지만 불안은 가시지 않았다. 오와 최였을까. 아니면 다른 애들이었을까. 만약 오와 최였다면 돌아오는 것은 아닐까. 마음의 갈피를 잡을 수가 없었다. 서랍에서 3000원을 꺼내 주머니에 쑤셔 넣고는 모자를 머리에, 슬리퍼를 발에 꿰어 신고 도망치듯 방에서 뛰쳐나왔다.

2

햄버거 가게에는 가방을 멘 중고등학생이 가득했다. 주말에도 쉬지 않고 머리와 펜을 굴리는 다른 세상의 아이들. 탁자 위에 감자튀김과 아이스커피를 내려놓았다. 애들을 등지고 앉아 창밖으로 시선을 돌렸다. 달싹한 기름 냄새가 빨대로 빨아올린 아이스커피처럼 콧구멍으로 밀려들어 왔다. 입 안에 침이 고였다.

하나둘 집어 먹다 보니 감자튀김은 금세 사라졌다. 소금기 남은 손가락을 쪽, 빨았다. 킁킁, 킁킁. 뒤쪽에서 섬유 유연제 냄새가 났다. 슬쩍 고개를 돌리니 여자아이가 보였다. 킁킁, 킁킁. 옷에 페브리즈를 엄청 뿌린 듯했다. 하지만 페브리즈가 덮고 있는 진짜 냄새는 담배 냄새였다. 나는 냄새에 민감하다. 여자아이들의 화장품 냄새, 남자아이들의 체취…… 보통의 사람들보다 먼저 냄새를 맡을 수 있고 여느 사람들이 맡지 못하는 것도 찾아낼 수 있었다.

그것은 행운이라기보다 불행에 가까웠다. 초등학교 때는 내가 냄새에 예민하다는 것을 몰랐기에 느끼는 대로 말을 해 버렸다.

반에서 인기 있는 여자아이 머리에서 비듬 냄새가 난다고 했다가 그 애가 울음을 터뜨렸다. 아이들은 내가 거짓말을 한다고 했다. 순식간에 허언증 걸린 애가 되어 버렸다.

중학교 1학년 때 있었던 일이다. 한 아이가 사물함에 넣어 둔 초콜릿이 없어졌다. 나는 반장에게서 달콤한 초콜릿 향을 맡았다. 그 아이에게 네 초콜릿을 훔쳐 먹은 애는 반장이라고 귀띔했다. 그 아이는 내 말을 반장에게 전했다. 증거는 없었다. 내가 냄새를 맡았다는, 내게만 진실인 사실이 존재했다. 아이들은 모두 콧방귀를 뀌었다. 반장은 오히려 나를 의심했고 아이들은 반장의 말을 믿었다. 비슷한 일들을 겪으며 나는 스스로 아이들에게서 멀어졌다. 내 곁에는 아무도 없었다.

혼자인 나에게 다가왔던 유일한 애들이 온라인 게임을 하면서 알게 된 오와 최였다. 게임 중 몇 마디 나누다가 연락처를 주고받고 SNS 메시지로 대화를 나누었다. 내가 자취한다는 것을 알고는 금요일 밤만 되면 연락해 왔다. 토요일 하루 종일 내 방에서 뒹굴다가 일요일 늦은 오후에 돌아갔다. 처음에는 좋았다. 처치 곤란한 반찬을 다 먹어 치웠으니까. 시답지 않은 농담과 가끔 선을 넘은 놀이들이 재미있기도 했다.

어느 날, 오가 물었다.

"너 개코라며? 내 페친이 너 알더라."

"그냥 개라던데?"

최가 킥킥대며 말했다.

그날 오와 최는 내게 라면을 끓이라고 했다. 게임하느라 할 수 없다고 하자 돌변했다. 아니, 그제야 진짜 모습을 드러냈다. 최가 화를 내며 손에 잡히는 물건을 모두 내게 던졌다. 던질 물건이 없어지자 주먹을 날렸다. 오는 방바닥에 엎드려 낄낄대며 게임을 했다. 내가 할 수 있는 일은 쥐죽은 듯 가만히 있다가, 저들이 요구하기 전에 꼬리를 흔드는 것이었다. 나는 벗어나고 싶었다. 하지만 마음대로 할 수 있는 일이 아니었다. 금요일 밤만 되면 불안했다. 그런데 3주째 연락이 없는 것이다.

햄버거 가게에서 나왔지만 집으로 가고 싶지 않았다. 집 밖에서 들었던 소리가 오와 최였다면 나를 기다리고 있을지도 몰랐다. 혹시나 싶어 스마트폰을 보았다. 녀석들에게 온 전화나 문자는 없었다.

저녁 시간이 되면서 강한 햇살은 한풀 꺾여 그런대로 걸을 만했다. 사람들이 눈에 띄는 골목으로 방향을 돌렸다. 킁킁, 킁킁. 낯설지 않은 냄새가 다가왔다. 냄새를 따라 계속 걸었다. 킁킁, 킁킁. 냄새가 선명해지면서 이틀 전 일이 떠올랐다.

빌라 입구에는 의자 세 개가 나란히 놓여 있었다. 색도 다르고 디자인도 다른. 공통점은 당장 갖다 버려도 아무렇지 않을 정도로 낡았다는 것이다. 그날 새벽에도 게임을 하고 있었다. 창밖에서 울음소리가 들려왔다. 창문을 내다 보니 여자가 의자에 앉아 흐느끼고 있었다. 남의 집 앞에서 뭐 하는 짓이냐고 한마디 던지려 창밖으로 얼굴을 들이밀었는데 그 말이 들어가 버렸다. 냄새 때문이었다. 축축한 울음 속에 고소하고 달콤한 향내가 섞여 있었다. 열대야의 여름밤과 어울리지 않게. 나는 냄새를 조용히 맡았다. 코를 훌쩍이는 소리와 함께 사위가 조용해졌다. 잠시 뒤, 현관 쪽에서 계단을 오르는 발자국 소리가 들려왔다. 이 빌라에 살고 있는 여자 같았다. 그런데, 어째서, 그날의 냄새가 이 골목에서 풍기는 걸까.

"만나야!"

개가 나를 향해 달려오고 있었다. 보통 크기의 누런 개였다. 얼굴에 비해 큰 두 귀가 여우를 닮은 듯도 했다. 여자가 개를 따라 뛰어오고 있었다. 따라잡기에는 발이 너무 느렸다. 개는 내 앞에서 멈추더니 혀를 길게 빼고는 헉헉거렸다. 까만 눈을 동그랗게 뜨고 나를 뚫어져라 쳐다보았다. 꼬리까지 좌우로 흔들어 대면서.

"목줄 좀 잡아 주세요."

여자가 날 보며 소리쳤다. 당황스러웠지만 나는 이미 바닥을 보며 줄을 찾고 있었다. 줄을 잽싸게 잡아 올렸다. 여자는 깊은 숨을 몰아쉬며 숨을 골랐다. 그러고는 개 앞에 쪼그리고 앉았다. 개는 혀를 내밀며 여자의 턱을 핥았다.

"갑자기 뛰어가면 어떻게. 누나 놀랐잖아."

나는 그만 사라지고 싶었다. 줄을 여자 앞으로 내밀었다. 여자는 내 얼굴을 뚫어져라 보더니 자리에서 일어났다. 눈을 어디에 둬야 할지 몰랐다.

"고마워요."

여자는 내 얼굴을 빤히 보았다.

"혹시, 은성빌라에 살지 않아요?"

내가 모르는 사람이 나를 알고 있다는 것이 이상했다. 고개를 끄덕이며 어떻게 아느냐고 물었다.

"교복 입고 오가는 거 봤어요. 나도 그 빌라 302호에서 살고 있거든요. 학생은?"

"102호요."

"아, 그렇구나."

나는 코를 킁킁거렸다. 울음 속에 숨어 있던 그 냄새가 진하게 다가왔다. 그렇다면, 냄새의 주인이 302호였나.

"이민정이라고 해요. 스무 살이고. 학생 이름은?"

"서진이요, 김서진. 고등학교 1학년이에요."

민정 누나는 웃으며 고개를 끄덕였다.

"우리 만나가 아무한테나 잘 안 가는데, 서진이 형이 좋나 보네."

그때 어딘가에서 벨소리가 들려 왔다. 누나는 실로 짠 가방에서 스마트폰을 꺼내 확인하더니 조금 놀란 표정을 지었다. 전화를 받고 대화를 시작하면서 얼굴빛이 어두워졌다.

"……나갔다고요? ……어디로요?"

누나는 걸어 나가며 통화를 이어 갔다. 개는 누나를 따라나섰고 내 손안에 있던 줄도 앞으로 당겨졌다. 줄이 모두 늘어나자 개는 낑낑대며 나를 돌아보았다. 다시 마주친 까만 눈. 이상하게도 그 눈빛이 불편하고 부담스러웠다. 누런 개는 내게 시선을 거두었다. 바닥에 코를 대고 냄새를 맡았다. 누나는 통화에 열중했다. 내용은 알 수 없지만 눈빛에 걱정이 담겨 있었다. 누나는 통화를 끝내고 내 쪽으로 다가왔다. 한숨을 깊게 내쉬더니 입을 열었다.

"미안해요."

누나의 입꼬리는 밀려 올라갔지만 눈빛은 여전히 어두웠다.

"이거 받아요."

개줄을 누나 앞으로 내밀었다.

"만나야. 너도 형한테 고맙다고 해야지?"

누나는 목줄을 받고는 개를 내려다보았다. 개가 나를 보며 꼬리를 흔들었다. 몸이 오그라들듯 꼬이면서 어색했다. 얼른 자리를 벗어나고 싶었다. 나는 앞으로 걸어 나갔다.

"서진 학생?"

누나를 향해 몸을 돌렸다.

"잠깐 얘기 좀 할 수 있을까요?"

3

누나는 골목에 있는 작은 빵집 앞에서 멈춰 섰다. 빵집 앞에는 작은 테라스가 있었고, 그곳에는 탁자와 의자 두 개가 놓여 있었다. 누나는 테라스를 가리키며 앉자고 했다.

"여기, 나 일하는 데예요. 만나야, 잠깐 형이랑 있어."

누나는 빵집 안으로 들어갔다. 카운터 앞에 있는 아주머니와 몇 마디 얘기를 나누더니 앞치마를 둘러매고 접시에 빵과 주스를 담아 밖으로 나왔다. 접시를 내 앞에 놓고는 의자에 앉았다. 달콤하고 고소하고 부드러운, 촉촉한 향이 솔솔 피어올랐다. 낯설지 않은, 그날 밤 맡았던 냄새. 누나가 빵집에서 일하고 있기 때문이었을까.

"먹어 봐요."

크림빵을 한 입 베어 물자 입 안에서 아이스크림처럼 녹아 버렸다. 누나는 무거운 짐을 어깨에 멘 사람처럼 축 처진 채 발치를 내려다보다가 고개를 들었다.

"부탁 하나만 해도 될까요?"

"부탁이요?"

"우리 만나…… 하루만 돌봐 줄 수 있어요?"

나는 만나를 내려다보았다. 눈이 마주치자 만나는 꼬리를 양옆으로 흔들었다. 바닥에서 옅은 먼지가 일었다.

"갑자기 이런 부탁, 너무 무례하다는 거 알아요. 급하게 다녀올 데가 있는데…… 만나를 데리고 갈 수 없어서요."

궁금했다. 누나에게 다른 가족은 없는 걸까.

"왜 하필 저에게……."

"그게…… 만나는 유기견이였어요. 다른 강아지들처럼 사람에게 마음을 잘 열지 않아요. 만나가 제게 마음을 연 것도 오래 걸렸거든요. 서진 학생한테는 좀 다른 것 같아서요. 만나가 빵집 사장님은 조금 편하게 대하기는 하는데 사장님은 개털 알레르기가 너무 심하셔서. 이틀 전에 잠깐 맡겼다가 병원까지 가셔야 했어요. 만나는 혼자 두면 불안한지 계속 짖거든요. 내일 돌아와요."

누나가 간절한 눈으로 나를 바라보았다. 정전 같은 침묵이 이어졌다. 누나 얼굴을 슬몃 보았다. 누나는 만나를 내려다보고 있었다. 만나는 아기 같은 맑은 눈으로 누나를 쳐다보았다. 둘은 가족 같았다. 서로에게 너무나도 애틋한. 이상하게 그 둘 사이를 지켜주고 싶었다.

"알았어요."

"정말요? 그래 줄 수 있어요?"

"하지만 저도 처음이라, 강아지랑 살아 본 적이 없어서."

"내가 잘 알려 줄게요. 너무 고마워요."

그 순간, 누나의 눈을 보며 진심이라는 단어를 떠올렸다.

4

막상 만나와 나, 둘만 남으니 어떻게 해야 할지 몰랐다. 만나는 좁은 방을 오가며 냄새를 맡고 있었다. 누나가 챙겨 준 가방을 내 쪽으로 끌고 와 안에 있는 것들을 꺼내 놓았다. 사료와 밥과 물그릇, 화장실 패드, 간식 그리고 만나를 돌보는 방법이 적힌 공책. 마지막으로 슈크림빵이 있었다. 나는 스마트폰에 저장되어 있는 누나 번호를 확인했다.

만나는 꼬리를 흔들며 내게 달려들었다. 혀로 내 다리를 핥았다. 일단 그릇에 사료와 물을 담아 놓았다. 만나는 배가 고팠는지 허겁지겁 먹기 시작했다.

우리는 거리를 둔 채 앉았다. 눈이 마주치자 만나는 꼬리를 흔들었다. 내가 반응해 주지 않자 꼬리를 축 늘어뜨렸다. 하지만 까맣고 맑은 눈빛은 그대로였다.

오와 최는 나를, 개라고 불렀다. 주인에게 무조건 충실하고 복종하는 개. 나도 저런 눈으로 그 녀석들을 보았을까. 사랑을 갈구하고 애원하는 눈빛으로.

나는 만나로부터 등을 돌렸다.

만나가 조용했다. 소음이 줄어들면 후각은 더욱, 예민해졌다. 낯선 냄새가 공기 중에 떠다녔다. 만나 쪽으로 몸을 돌렸다.

"야!"

현관 앞으로 달려가 신발을 들어올렸다. 만나가 오줌을 싸고 있었다. 누런 물이 섬처럼 바닥에 고여 있었다. 하마터면 신발이 젖을 뻔했다. 손에 휴지를 붕대처럼 돌돌 말아 겨우 닦아 냈다. 그때서야 화장실 패드를 깔았다. 만나는 구석에 엉덩이를 붙이고는 내 눈치를 살폈다.

'저 눈빛, 애절하고 불쌍한 눈빛.'

피하고 싶어 고개를 돌렸다. 갑자기 후회가 밀려왔다. 괜히, 돌봐 준다고 했나. 바닥에 누워 눈을 감았다. 마주하고 싶지 않은 감정이 밀려들 때마다 구석에 처박아 두었다. 눈에 보이는 것이었다면 더 쉬웠을 것이다. 부숴 버리거나 던져 버리면 그만이니까.

얼마나 시간이 지났을까. 가까이에서 느껴지는 기척과 열기에 눈을 떴다. 언제 다가왔는지 만나가 내 등에 엉덩이를 대고 누워 있었다. 만나 쪽으로 몸을 돌리자 만나는 일어나서 꼬리를 살랑살랑 흔들었다.

가만히 만나를 바라보았다. 만나가 다가와 혀로 내 손을 핥았다. 따뜻하고 촉촉했다. 무엇인가가, 툭 가슴속으로 파고들었다. 만나는 내 다리 위로 올라와 내 얼굴을 빤히 쳐다보았다. 앞다리를 모아 웅크리고 앉았다. 내 손은 어느새, 조심스럽게 만나의 털을 쓰다듬고 있었다.

만나는 내 품에서 벗어나 줄을 물고 다가왔다. 문 앞에 붙어 서더니 짖기 시작했다. 나가고 싶다는 뜻일까. 누나의 공책에 쓰여 있던 내용을 떠올렸다.

산책은 공원으로. 비닐봉지와 휴지와 물을 챙길 것.

토요일 밤, 공원은 사람들로 북적였다. 개를 데리고 산책하는 사람도 많았다. 개들은 냄새를 맡느라 가다 서다, 가다 서다를 반복했다. 개를 기다려 주는 사람이 있는가 하면 무턱대고 앞서가는 이도 있었다. 바람이 불지 않는데도 공기가 한결 시원했다. 만나는 익숙한 듯 앞으로 나아갔다. 여기저기 냄새를 맡느라 분주했다. 내가 만나를 이끄는 것인지, 만나가 나를 안내하는 것인지 헷갈렸다.

만나는 나무 밑에 얼굴을 집어넣고 냄새를 맡았다. 한참 동안 그곳에서 떠날 줄 몰랐다. 도대체 저곳에 무엇이 있기에 꿈쩍도 않는 것일까. 나는 몸을 수그렸다. 만나처럼 얼굴을 밀어 넣고 코를 킁킁거렸다. 수풀 속의 흙은 습기를 머금고 있어 촉촉했다. 숨을 크게 들이마셨다. 이곳에 이른 가을 냄새가 숨어 있었다. 만나는 언제부터 알고 있었을까. 만나도 나와 같은 냄새를 맡고 있는 걸까. 나는 가까이에 있는 벤치에 앉았다. 만나를 내려다보며 스마트폰 검색창에 '개가 냄새 맡는 이유'라고 입력했다.

사람은 눈으로 세상을 보고 강아지는 코로 세상을 봅니다.

코로 세상을 본다는, 그 문장을 되풀이해서 읽었다. 냄새에 민감한 내가 거추장스러웠다. 쓸데없다고 생각했다. 오히려 평범했다면 좋았을 것이라 여겼다. 만나가 다가와 내 주변을 맴돌며 냄새를 맡았다. 만나는 지금 내게서 어떤 냄새를 맡고 있을까. 나도 만나처럼 냄새로 세상을 볼 수 있을까. 그다음 내용을 이어 읽어 나갔다.

강아지는 냄새로 정보를 탐색합니다. 강아지는 냄새를 맡아 그 아이가 건강한 아이인지 사귈 만한 친구인지 등 모든 것을 알아낸다고 합니다.

"내가 네 친구가 될 수 있나 확인하는 거야?"

만나는 대답이 없었다. 단지, 내 옆으로 좀 더 다가올 뿐이다. 오와 최가 떠올랐다. 그 녀석들은 내게서 무슨 냄새를 맡았을까. 녀석들은 다른 냄새를 찾아 나를 떠나간 걸까. 만나는 내 발밑에 앉았다.

"만, 나야."

조심스럽게 이름을 불러보았다.

"왈왈, 왈왈."

"갈, 까?"

만나는 꼬리를 흔들었다.

스마트폰 문자 알람음이 울렸다. 확인해 보니 민정 누나였다.

— 별일 없죠?

— 네, 공원에 산책 나왔어요.

— 응, 고마워요. 내일 봐요. ^^

나도 묻고 싶었다. 무슨 일로 급하게 어디를 가야 했는지. 그 일은 잘 해결되고 있는 건지. 하지만 손은 마음을 따라 움직이지 않았다. 나는 웃는 이모티콘을 가만히 내려다보다가 'ㅇㅇ'이라고 문자를 보냈다.

5

"왈왈, 왈왈"

만나가 짖어 대는 소리에 잠에서 깼다. 만나가 창문을 올려다보고 있었다.

"김서진, 김서진."

숨죽인 목소리가 창밖에서 들려왔다. 오와 최였다. 시계는 새벽 3시를 가리키고 있었다. 입 안이 텁텁했다. 연신 침을 삼켜도 소용없었다.

"김서진, 바로 내려갈 테니 문 열어 놔라."

문을 열자마자, 오와 최가 뛰어들었다. 담배와 술 냄새가 지독하게 풍겼다.

"오랜만이지?"

오가 내 어깨를 툭 치며 신발을 벗었다. 최도 뒤따라 들어왔다. 만나는 낯선 사람들의 방문에 갈 길을 잃은 듯, 질서 없이 방 안을 오갔다.

"댕댕이다!"

최가 만나를 번쩍 안아 올렸다. 만나는 갈피를 잡지 못했다. 왈왈 짖으면서도 꼬리를 세차게 흔들었다.

"개가 개를 키우냐?"

오와 최가 킥킥거렸다.

녀석들을 보며 들숨을 깊게 쉬었다. 티 나지 않게 입술을 오므리며 바람을 뱉어 냈다. 녀석들 앞에서는 모든 행동이 움츠러들었다. 얼굴이 불쾌한 오는 방바닥에 누워 팔과 다리를 큰대자로 뻗었다. 최는 만나에게 다가가 머리를 쓰다듬는 듯하더니, 툭툭 쳤다. 나는 구석에 양쪽 무릎을 세우고 앉아 저들을 바라보았다.

"라면이나 끓여."

오의 말이 떨어지자 나는 입력에 반응하는 로봇처럼 냄비에 물을 받았다. 찬장을 열었다. 라면이 보이지 않았다.

"없는데……."

"이 새끼 빠져 가지고. 미리미리 챙겨 놨어야지!"

오가 소리를 질렀다.

만나가 오를 향해 이를 드러내고는 으르렁했다.

"저 댕댕이 새끼가! 조용히 못 해!"

오가 만나를 향해 주먹을 들이밀며 소리쳤다. 최는 배를 벅벅 긁으며 웃어 댔다.

만나는 물러서지 않았다. 으르릉거리며 이를 드러냈다. 왈왈, 왈왈. 만나가 짖기 시작했다. 밤공기는 만나의 소리에 힘을 가세했다. 소리는 사방으로 퍼져 나갔다. 최는 만나에게 입을 다물라며, 잡히는 대로 물건을 던지기 시작했다. 손끝이 바들바들 떨렸다. 불안했지만 어떤 행동도 할 수 없었다. 숟가락에 맞은 만나가 낑낑거리며 뒤로 물러났다.

부들부들 몸이 떨렸다. 심장이 빠르게 뛰었다. 숨이 가빠졌다. 오가 발로 만나를 차려는 순간, 더 이상 참을 수 없었다.

"그만해!"

달려가 만나를 안아 올렸다.

"저 자식 뭐야. 그동안 못 먹을 걸 먹었나."

오가 일어나 내게 달려들었다. 어떤 힘이 작용했을까. 나는 오를 밀어내고 만나와 함께 밖으로 튀어나왔다. 무작정 계단을 밟고 올라갔다. 3층에 이르자, 더 이상 갈 곳이 없었다. 밑에서 오와 최의 기척이 들려왔다. 다른 집을 의식해서인지 소란을 피우지는 않았다. 오히려 조용했다. 일부러 숨죽이고 있을 테지. 내가 내려오기를 기다리면서.

갈 곳이 없었다. 눈길을 내리자 까맣고 촉촉한 눈으로 만나가 나를 보고 있었다. 내 품에서 빠져나가더니 302호 현관문 앞, 화분에 코를 박고 킁킁거렸다. 공원 나무 사이에서 맡았던 알싸하고 깨끗한 가을 냄새가 떠올랐다.

나도 화분 속에 코를 들이밀었다. 그 순간, 초록색 이파리 속에 숨어 있는 열쇠가 눈에 들어왔다. 열쇠를 꺼내 잡았다. 만나가 나를 올려다보고 있었다.

"이걸 알려주고 싶은 거였어?"

302호 문고리를 바라보았다. 열쇠를 구멍에 꽂고 조심스레 문을 돌렸다. 철컥, 그 소리에 숨통이 틔였다. 문틈이 벌어지자 만나가 잽싸게 안으로 들어갔다.

집 안은 어둠과 적막과 더위로 가득했다. 후각이 민감하게 반응하기 좋은 조건이었다.

킁킁, 킁킁.

촉촉하고 고소한 냄새가, 얕게 배어 있었다. 마치 민정 누나가 가까이 있는 것처럼. 열쇠를 바지 주머니에 넣고 생각했다. 화분에 열쇠가 없었다면 어떻게 됐을까. 그리고 궁금했다. 어째서 누나는 열쇠를 그곳에 두고 간 걸까.

어둠에 눈이 익숙해졌다. 만나가 조용해서 찾아보니 구석에 있는 방석에 누워 있었다.

그제야 신발을 벗고 조심스레 올라섰다. 더듬더듬 걸어서 창문을 여니, 바람이 들어왔다. 순간이지만 시원했다. 녀석들에게 피해 있을 장소로 이만큼 좋은 곳은 없었다.

목이 말랐다. 물 한 잔은 먹어도 괜찮겠지. 냉장고 앞에 서자 만나가 걸렸다. 손바닥에 물을 담아 만나 앞으로 내밀었다. 축축한 혀가 손바닥의 습기를 모두 가져갔다.

"시원해?"

만나는 물 묻은 혀로 내 손을 핥았다. 나도 물로 목을 축이고 창가 쪽으로 다가갔다. 무릎을 세우고 앉아 아래를 내려다보았다. 녀석들이 돌아가는 걸 확인하고 싶었다.

세상은 고요했다. 바람 한 줄기가 한쪽 볼을 훑고 지나갔다. 만나의 혀처럼 축축한 바람이었다. 만나가 내 곁으로 다가왔다. 만나의 온기 속에 숨어 있는 체취, 그 냄새로 만나와 나는 이어져 있는 듯했다. 세상에 우리 둘뿐인 것처럼.

그런데 만나가 자신의 배를 자꾸 핥았다. 석연치 않은 마음에 그곳에 코를 대 보았다. 비릿한 피 냄새가 났다. 숟가락이 스치면서 상처가 난 듯했다.

"조금만 참아. 재네들 가면 약 발라 줄게."

상처 옆을 손가락으로 조심스레 만져 주었다. 어둠 속에서 까만 만나의 눈동자가 반짝였다. 어릴 때 밤새 배가 아팠던 일이 생각났다. 엄마가 돌아가시고 나서 얼마 뒤였다. 아빠를 기다리며 배를 움켜잡았다. 아빠가 돌아와서 안심했지만 통증이 사라지지는 않았다.

아빠는 어떻게 해야 할지 모르는 듯했다. 연신 내 배를 쓰다듬어 주기만 했다. 다음 날 아침 병원에 갔을 때 의사에게 한 소리를 들었다. 조금만 늦었다면 큰일이 났을 거라고. 그날, 나는 맹장을 떼 냈다. 내가 만나를 위해 할 수 있는 게 이것뿐이듯, 아빠도 그러했을까. 아빠도 나처럼 어설펐을까.

욕이 섞인 익숙한 목소리가 새벽 공기를 타고 올라왔다. 아래를 내려다보았다. 두 개의 그림자가 골목 사이에 길게 이어져 있었다. 역시나, 녀석들은 나를 기다리고 있었던 것이다. 오와 최가 가 버린 걸 확인하자, 긴장이 풀렸다. 이제 만나의 상처에 발라 줄 약을 가져와야 했다.

문을 열자 반찬 냄새가 진동했다. 녀석들은 냉장고 안에 있는 반찬을 모두 싱크대 개수대에 버려 놓았다. 그것들을 음식물 쓰레기봉투에 넣어 냉동실에 넣어 두었다. 다른 것들은 뒤로하고 연고를 찾아 302호로 돌아왔다. 더듬더듬 만나의 몸 냄새를 맡았다. 상처에서 올라오는 비릿한 피 냄새. 내 마음도 아프고 쓰렸다. 상처 부위에 연고를 살살 발라 주었다. 내 손길을 느낀 만나가 잠에서 깼다.

"조금만 참아."

만나는 내게 몸을 밀착시켰다. 만나의 등을 어루만졌다. 이상했다. 만나를 쓰다듬고 있는데 마치, 나를 쓰다듬는 것 같았다. 만나의 상처에 약을 발라 주었는데 내 상처에 약을 발라 준 것 같았다.

피곤이 몰려왔다. 창틈으로 새어 들어오는 바람만으로는 견디기 힘든 밤이었다. 선풍기 전원을 눌렀다. 바람이 만나에게도 갈 수 있도록 회전 버튼을 누르고 바닥에 누웠다. 만나의 털이 날렸다. 바람에 날리는 풀들처럼, 그 모습을 바라보다 어느 순간, 잠이 들었다.

6

한쪽 볼에 닿은 촉촉한 느낌에 눈을 떴다. 만나가 내 배 위에 두 다리를 올려놓고는 꼬리를 흔들고 있었다.

"잘 잤어?"

몸을 일으킨 뒤, 만나의 상처 부위를 살펴보았다. 다행히 조금 아물었다.

시계를 보자, 벌써 오후 2시였다. 창문을 통과한 햇빛이 거실 바닥으로 길게 들어와 있었다. 햇빛을 따라가 보니 집 안 풍경이 눈에 들어왔다. 살림은 단출했다. 방이 두 개, 욕실 하나. 거실과 이어진 좁은 부엌, 그 앞에 2인용 식탁. 싱크대 위에 만나의 사료가 있었다. 그릇에 사료와 물을 담자 만나가 허겁지겁 먹었다. 아사삭아사삭, 비스킷 부서지는 소리를 내며. 그동안 천천히 집 안을 둘러보았다.

싱크대 한쪽에 있는 작은 오븐이 눈에 띄었다. 오븐 옆에 두꺼운 노트가 있었는데 노트 앞에 '빵 레시피'라고 쓰여 있었다. 노트를 뒤로하고 벽에 걸려 있는 액자들 앞으로 다가갔다.

민정 누나의 어린 시절 사진, 교복을 입고 친구들과 함께 찍은 사진이 있었다. 확실히 지금보다 어려 보였다. 빵집 앞에서 찍은 사진도 있었다. 다음 사진에서 눈길이 머물렀다. 누나는 몸이 왜소한 백발의 커트머리 할머니와 나란히 앉아 있었다. 누나 품에는 지금보다 작은 만나가 안겨 있었는데 노란색 실로 뜨개질한 옷을 입고 있었다. 할머니 다리 위에는 노란색 실뭉치와 바늘이 있었다. 사진 아래쪽에 '11월 5일 만나 처음 만난 날, 유기견 보호소에서'라고 쓰여 있었다. 이날이구나. 만나가 누나에게 다가간 날이.

이어 교복을 입은 누나가 빵이 든 접시를 들고 있는 사진을 바라보았다. '크림빵 처음 만든 날'이라고 쓰여 있었다. 나는 벽에 걸려 있는 파티시에 학원의 수료증을 본 뒤 마지막 사진으로 눈을 옮겼다. 민정 누나와 할머니가 벤치에 앉아 있었다. 벤치 양쪽으로는 나무가 줄지어 있었고 뒤편 건물 외벽에는 '행복 요양원'이라고 쓰여 있었다. 사진 밑에는 날짜가 있었다. 누나의 울음소리를 들은 날이었다.

이 집에서는 누나와 할머니와 만나가 살고 있었던 것이다. 집 안을 다시 둘러보며 할머니의 흔적을 찾아보았다. 식탁보, 욕실 앞 발 패드, 곳곳에 뜨개질한 소품 등…….

킁킁, 킁킁. 냄새를 맡았다. 오븐에서 꺼낸 빵처럼 따뜻하고 고소한 냄새가 코끝에 닿았다. 집은 비어 있지만 여전히 남아 있는, 살아 있는 자들의 냄새. 누나가 빵을 만들기 때문에 풍긴 냄새라고 생각했는데 그 때문만은 아닌 것 같았다. 코끝이 찡하고 간지러워 손가락으로 문질렀다. 만나의 보드라운 털이 종아리에 닿았다. 고개를 숙이자 만나가 나를 올려다보고 있었다.

"이제…… 갈까?"

만나가 왈왈 짖었다.

만나를 안고 신발을 신으려는데 현관문에 붙어 있는 포스트잇이 눈에 들어왔다.

할머니, 집에 온 거면 나가지 말고 있어. 꼭이야. 알았지? 민정이가

골목에서 누군가와 통화할 때 보았던 민정 누나의 표정이 눈앞에 펼쳐졌다. 걱정, 불안, 초조……. 바지 주머니 속에서 열쇠를 꺼냈다. 누나가 만나를 두고 가야 했던 사정을, 화분 속에 열쇠를 놓고 간 이유를 이제야 알 것 같았다.

7

지하 방문을 열자 온갖 찌든 냄새가 달려들었다. 환기가 필요했다. 혹시 몰라 문을 잠그고, 창문을 열었다.

만나는 화장실 패드에 배변을 보고 구석에 웅크리고 앉았다. 나는 녀석들이 엉망으로 해 놓은 것들을 하나씩 정리하기 시작했다.

대충 치우고 나니 허기가 졌다. 그러고 보니 아무것도 먹지 않았다. 누나가 챙겨 준 슈크림빵이 생각났다. 슈크림이 목구멍으로 넘어갈 때도 문득문득 불안이 밀려왔다. 쿵쿵, 쿵쿵. 자꾸만 시선이 창밖으로 향했다.

그사이 누나로부터 연락이 와 있나 해서 스마트폰을 살펴봤다. 문자도 부재중 전화도, 아무것도 없었다. 전화를 걸었다. 전원이 꺼져 있다는 음성이 흘러나왔다.

'왜지?'

할머니를 찾으러 간 일이 잘못되기라도 한 걸까. 걱정이 꽈리처럼 부풀어 올랐다.

만나가 현관문 앞으로 다가갔다. 나와 문을 번갈아 보며 낑낑거렸다. 산책을 나가고 싶은 걸까. 목줄을 꺼내자 만나가 잽싸게 내 곁으로 다가왔다. 만나가 자꾸 서성거렸다. 좋아서인지 불안해서인지 알 수가 없었다.

"나갈 테니 진정해, 만나야."

밖으로 나오자, 만나가 갑자기 달리기 시작했다. 만나에게 끌려 나도 달렸다.

"만나야! 좀 천천히 가자, 응?"

만나는 아랑곳하지 않았다. 뛰다 보니 어느새 골목 끝 마트 앞이었다.

"어디까지 가는 거야?"

앞을 보았는데 멀리 민정 누나가 보였다. 언제부터 만나는 누나의 냄새를 맡았던 것일까. 만나에게 끌려가면서도 누나 얼굴에서 눈을 뗄 수 없었다. 밝아 보였다. 다행이었다.

"만나야!"

누나도 만나를 발견하고는 뛰기 시작했다.

"잘 지냈어?"

누나는 쪼그리고 앉아 만나와 눈높이를 맞추었다. 누나만의 체취가 코끝에 닿았다.

"서진 학생. 고마워."

"스마트폰이 꺼져 있던데."

"어? 전화했었어요? 어제 급히 나가느라 보조배터리를 못 챙겼는데……. 꺼진 것도 오전에서야 확인하고."

누나가 일어서며 말했다. 그다음에 나는 무슨 말을 해야 할지 몰랐다.

"산책 나온 거예요?"

나는 고개를 끄덕였다.

"일은, 잘 해결됐어요?"

조심스러운 내 질문에 누나는 뜸을 들이다 입을 열었다.

"사실…… 할머니한테 치매가 있어서 며칠 전 요양원에 모셨는데, 사라졌다고 해서. 다행히 요양원 근처 빵집에 계셨어요. 내가 만든 빵 먹고 싶다고……."

"……."

"좀 더 자주 가야겠어요. 빵 만들어서."

"만나는, 제가 돌봐 줄게요."

나는 냉큼 말을 던졌다.

"정말요? 미리 고마워요. 만나 산책, 내가 시킬게요. 그만 가도 돼요."

누나가 줄을 달라는 듯 손을 내밀었다.

"같이, 가요."

만나는 내 말을 알아들은 듯 앞서 걸었다.

킁킁, 킁킁.

등 뒤에서 바람이 불어왔다. 바람은 익숙한 냄새를 내 곁에 실어다 주었다. 좋은 향이 옆쪽으로 다가왔다. 누나와 만나와 나는 나란히 걷고 있었다. 왠지 모르게 든든했다.

스마트폰 문자 알림음이 울렸다. 시간을 보니 오후 5시. 아빠에게 온 메시지였다. 밥 잘 챙겨 먹으라는. 나는 알겠다는 문자를 보내고 코를 킁킁거렸다. 어딘가, 내가 놓쳐 버린 아빠의 냄새가 있지 않을까 해서.

우리는 공원을 향해 계속 걸었다. 얼마나 걸었을까. 왼편에서 담배 냄새가 풍겨 왔다. 킁킁, 킁킁. 나는 멈칫하며 골목 안쪽을 들여다보았다. 어둠에 묻힌 두 명의 실루엣이 아른거렸다. 가슴이 두근거렸다. 앞서가던 누나와 만나가 나를 돌아보았다.

"서진 학생, 무슨 일 있어요?"

"아니에요."

나는 누나와 만나를 향해 달렸다. 방금 맡은 냄새가 무엇이든, 예전과 다른 내가 될 것이라 다짐하며.

작가의 말

지난 12월, 검은 줄무늬의 코리안 쇼트헤어 아기 고양이가 우리 집에 입양됐다.

아기 고양이는 집에 오자마자 후다닥 책장 틈으로 파고들어 가더니 한 권의 책처럼 자리를 잡았다. 우리는 고양이에게 까뮈라는 이름을 지어 주었다. 식구들은 까뮈가 어서 책장 밖에서 나와 자기만의 이야기를 들려주길 바랐다. 하지만 그 바람은 우리의 앞선 욕심일 뿐이었다.

까뮈는 책 틈에서 시종일관 우리를 관찰했다. 앞을 오가는 생명체들이 자기에게 유해한지 무해한지. 결국 우리는 까뮈를 투명 고양이처럼 대하기 시작했다. 까뮈에게 시선도 관심도 주지 않고 기계적으로 사료와 물을 채워 놓고 똥을 치웠다.

그러던 어느 날, 생각지도 못한 순간 까뮈가 책장 밖에서 나와 따뜻한 방바닥에 식빵 모양으로 앉아 있었다. 누가 지나가도 숨지 않은 채. 우리는 거리를 두고 쥐와 새 모양의 장난감으로 사냥놀이를 시도했는데 까뮈가 조심스럽게 반응하기 시작했다. 시간이 지나 까뮈와 우리의 거리는 점점 좁혀졌고, 20여 일 정도 지나서는 내 다리 위로 올라와 등을 보여 주며 앉았다. (고양이가 등을 보여 주는 일은 신뢰가 있어야만 가능한 자세라고 한다.) 그 순간 무엇인가가 훅, 가슴속으로 파고들었다.

870그램이었던 까뮈는 2.5킬로그램의 단단한 몸으로 성장했다.

호기심 가득한 눈빛과 몸짓으로 온 집 안을 자신의 영역인 양 휘젓고 다닌다. 아침에 일어나 거실로 나가면 야옹거리며 다가와 다리 사이를 오가고 얼굴을 비비며 애정을 선사한다. 그러다 갑자기 손과 발을 무는 요 녀석. 요즘은 사냥 놀이를 하며 사람을 물면 안 된다는 교육을 하는 중이다.

사람이든 고양이든 강아지든 누군가를 알아 간다는 것은 상대의 고유한 삶의 방식을 인정하는 것이 시작인 듯하다. 때로는 상대의 마음을 살피지 못한 채, 나의 감정만 생각하고 급하게 다가가거나 행동할 때가 있었는데 말이다. 어느 관계든 시간이 필요하다는 걸 까뮈를 통해 느끼고 있는 중이다.

김
학
찬

고양이를 찾

김학찬

장편소설 『풀빵이 어때서?』로 창비장편소설상을 수상했다. 지은 책으로 『상큼하진 않지만』 『굿 이브닝, 펭귄』 『우리집 강아지』 등이 있다. 그 밖에 최명희청년문학상, 전태일문학상 등을 수상했다.

고양이는 제 겁니다.

제가 데려왔으니까요.

동물에게는 아무 관심 없었습니다. 한 번도 같이 살아 보지 못했으니까요. 금붕어라면 몇 마리 길러 봤습니다. 어떻게 됐는지, 죽었는지 버렸는지 기억도 안 납니다. 올챙이를 길러 본 적도 있습니다. 신기했습니다. 하나같이 개구리가 되는 날 죽어 버리더군요. 앞다리가 생기고, 뒷다리가 생기고, 꼬리가 줄어들다가, 진짜 개구리가 되는 날 아침이면 키우던 국그릇 밖에서 마른 채 발견됐습니다. 어떻게 뛰쳐나왔을까요. 돌이라도 몇 개 넣어 줬으면 살았을까요.

뒷다리가 먼저입니까?

잊었습니다.

초등학교 때 배운 기억은 있는데.

완곡하게 말했지만 동물은 낯설기만 합니다. 동물이 나오는 방송도 보지 않습니다. 뭐가 재미있는지 모르겠습니다. 오히려 무섭지 않던가요. 동물원에도 가지 않습니다.

어떤 호랑이 때문입니다.

호랑이와 관람객 사이를 막는 창살, 철조망, 유리 따위는 없는 동물원에 간 적이 있습니다. 사람들이 갇혀 있는 동물을 보고 느끼는 양심의 가책 따위를 줄여 주는 무대처럼 보였습니다. 관람객은 어느 각도에서나 호랑이를 볼 수 있었습니다. 잘 보이는 곳을 비집고 들어갈 필요도 없었습니다. 훌륭한 설계였지만 무서워서 울었습니다. 당장이라도 호랑이가 뛰어나올 것 같았습니다. 하지만 호랑이는 꼼짝도 하지 않았습니다. "가짜 아냐?" "인형인가?" "어흥 해 봐!" 하고 소리치는 사람이 많았습니다.

절벽이 있었습니다.

아주 높은 인공 절벽이.

관람객이 지켜볼 수만 있게, 호랑이가 도움닫기를 할 거리가 나오지 않게. 가로막는 것이 없으니 스릴이 있었습니다. 물론 안전하지 않을 리 없습니다. 호랑이가 탈출한다면 엉망이 될 테니까요. 그 동물원에서 호랑이는 무엇보다도 인기였습니다.

호랑이가 마음을 단단히 먹었다면 어떤 일이 일어났을지 궁금합니다.

저는 바깥에서 바라봤으니까 호랑이 입장에서 절벽이 어떻게 보였는지는 모릅니다. 말도 안 되는, 도저히 뛰어넘을 수 없는 거대한 절벽으로 보였을까요. 뛰어넘고 싶은 충동을 느끼지만 아슬아슬하게 참게 되는 한계치 같은 것이었을까요. 당신 추측처럼 새끼 때부터 동물원에서 살았기 때문에 뛰어넘을 필요를 한 번도 느끼지 못했을 수도 있겠습니다. 굳이 왜.

"호랑이는 바보야!" 하는 아이의 고함 소리도 기억납니다.

이미 떨어진 경험이 있을까요. 다리라도 다친 그런 경험.

냄새가 심하게 났습니다.

떡 하나 주면 안 잡아먹지. 옛날이야기에서 호랑이가 무시무시한 동물로 등장하는 이유는 냄새 때문일 겁니다. 냄새는 모든 것을 미치게 합니다. 톡 쏘는 것 같기도 하고 아주 오래된 고기 냄새 같기도 한, 비리면서도…… 확실한 건 아주 불쾌하고……. 동물원을 나가는 순간까지 호랑이 냄새가 떠나질 않았습니다.

동물원에 있는 다른 동물은 어떤 기분이었을까요. 호랑이 냄새를 참는 걸까요, 매일 맡으면 괜찮은 걸까요.

그런 걸 적응이라고 불러야 합니까.

호랑이가 탈출했다는 이야기는 들어보지 못했습니다. 잘 살고 있겠지요. 호랑이는 동물의 왕이니까요. 호랑이와 사자가 싸우면 누가 이길지 한 번쯤 생각해 보지 않은 사람은 없습니다. 선생님에게 물어봤습니다. 서식지가 달라서 싸움은 일어나지 않는다고 했습니다. 하지만 어떤 나라에서는 호랑이와 사자를 싸움 붙이는 데 성공했습니다. 승패는 기억나지 않습니다. 서식지가 다른데도 싸울 수 있었다니, 이상하지 않습니까? 하긴, 호랑이 등에 타서 웃고 있는 관광객들의 사진도 흔하긴 합니다. 사람들은 자신의 바람대로 어떻게는 하니까요. 저는 그날 울음소리가 듣고 싶어서 동물원 폐장 시간까지 냄새를 참아 가며 기다렸습니다.

그날 이후, 저는 어떤 동물원에도 가지 않았습니다. 아뇨, 불쌍하지 않습니다. 처음부터 말했잖습니까. 동물을 좋아하지 않는다고, 동물은 낯설기만 하다고. 당신 말대로 원인과 결과가 바뀌었을 수도 있습니다. 동물을 낯설어하니까 좋아하지 않을 수도 있습니다. 어쨌든 좋아하지도 않는 데 돈과 시간을 들일 생각은 없습니다.

네, 불쾌합니다.

하지만 이 고양이는 제 겁니다.

제가 데려왔으니까요.

*

발이 달린 건 다 싫습니다.

발이 많으면 많을수록 더 싫습니다.

맞습니다. 동물의 왕이라고 하면 호랑이가 떠오르듯, 발이 많이 달린 것은 반사적으로 지네가 생각납니다.

저희 동네는 반쯤 산이나 마찬가지입니다. 산을 깎아 내고 지은 동네니까요. 언덕길을 오를 때면 어느 노인의 노력으로 산을 옮겼다는 옛날이야기를 생각합니다. 초여름이면 가끔 지네가 나옵니다. 치킨을 시켜 먹고 뼈를 제대로 치우지 않으면 지네를 볼 수 있습니다. 지네도 치킨은 좋아하나 봅니다. 지네는 웬만한 살충제로도 죽지 않습니다. 닭 뼈는 냉동실에 넣어 뒀다가 내놓는 편이 제일 낫습니다. 싫어하는 이웃집 담 너머에 몰래 던져두든가.

물론 어떻게 고양이와 지네가 같을 수 있겠습니까.

그냥 낯설었다는 뜻일 뿐입니다.

고양이를 만져 본 적도 없었습니다. 제게는 길거리에 있는 수많은 고양이가 보이지 않았습니다. 어느새 비둘기가 혐오 조류가 된 것과 반대라고 할까요. 다들 비둘기를 싫어하지 않습니까.

그런데,

왜 싫어합니까?

비둘기는 사랑과 평화의 상징이었습니다. 올림픽 개막식 때, 성화에 불을 붙일 때, 일제히 비둘기를 날려 보내려고 한 일도 있었습니다. 하지만 지금은 비둘기에게 밥 주는 사람들을 빼면, 모두 비둘기를 싫어합니다. 물론 너무 많아지긴 했습니다. 수십 마리가 무리 지어 다니기도 합니다. 조류 공포증으로 고생하는 사람도 많습니다. 도시의 비둘기는 날아다니는 쥐와 마찬가지라는 기사도 있습니다. 날갯짓 한 번에 수천 마리의 병균이 쏟아진답니다. 공원에 현수막도 걸려 있습니다. 비둘기가 스스로 밥을 찾아 먹어야 건강한 생태계가 된다고 먹이를 주지 말랍니다. 길거리 고양이를 옹호하는 글에는 육상 비둘기라는 댓글이 달립니다.

좋아하던 걸 싫어하게 됐다면 관심 없던 게 좋아질 수도 있습니다.

고양이가 이렇게 많은지 몰랐습니다. 고양이는 짖지 않습니다. 무리 지어 다니지도 않습니다. 조용히 다니고 빠르게 사라집니다. 아무 생각이 없으면 무엇을 봐도 기억에 남지 않습니다. 아스팔트 위에 돋아 있던 풀을 기억합니까. 벽돌 사이에 끼어 있던 이끼를 떠올립니까. 제게는 고양이가 풀이고 이끼였습니다. 피해를 끼치지 않는다면 아무 의미가 없었습니다.

딱, 한 번. 고양이를 미워한 적은 있습니다.

새벽부터 고양이가 싸우는 소리 때문에 잠을 설쳤습니다. 처음 들었을 때는 밤이었는데, 날이 밝을 때까지 싸우고 있었습니다. 서로를 찢을 것 같은 울음을 내더군요. 죽을 만큼 피곤한 날이었습니다. 중요한 일이 있었기 때문에 잠을 푹 자야만 했습니다.

두 고양이 모두에게 응원을 보냈습니다.

누구든지 빨리 이겨라.

하나가 죽으면 조용해질 테니까.

아침에 밖에 나가 보니 집 앞에 고양이 밥그릇이 있었습니다.

소리를 질렀습니다. 고양이가 그렇게 좋으면 데리고 가서 키우라고, 어디 한번 걸리기만 해 보라고. 맞습니다. 경고문도 써 붙였습니다. 심한 말을 썼던 건 반성하고 있습니다. 죽일 만큼 화가 났다는 말이지, 정말 뭔가를 죽일 생각은 당연히 없었습니다.

당신도 화가 나면 심한 말을 해 본 적이 있지 않습니까?

*

회색 고양이를 처음 봤을 때는 화가 났습니다. 집 앞에 고양이가 있으면 안 되니까요.

걷어찰 뻔했습니다.

언제부터 있었는지도 모르겠습니다. 계속 있었던 것 같기도 합니다. 벽이 하필 고양이보다 조금 더 어두운 회색이라서 잘 안 보였습니다.

놀랐습니다. 누가 나를 노리고 며칠씩 숨어서 지켜보고 있었던 것 같았습니다. 네, 저는 예민합니다. 하지만 누군가에게 원한을 산 일도 없습니다. 그런 건 영화나 소설에서나, 특별한 사람에게나 일어나는 일입니다. 저에게 복수를 하겠다고 시간 낭비할 사람이 있을 리 없습니다.

심하게 놀랐습니다. 본능적으로 발이 나갔고, 아슬아슬하게 고양이를 걷어차지 않을 수 있었습니다. 발끝에 뭉클한 게 느껴졌습니다. 왜 멈췄는지는 모르겠습니다. 고양이는 왜 피하지 않았을까요. 아는 사람 말대로 멍청한 고양이라서 그랬을까요. 발로 찼다면 고양이는 성화대 비둘기 꼴이 날 뻔하지 않았습니까.

모르시는군요.

어떤 올림픽은 비둘기의 화형으로 시작했습니다. 개막식 때 불을 붙이면 성화대에 앉아 있던 비둘기가 일제히 날아오를 거라고 생각했던 모양입니다. 불꽃과 함께 사랑과 평화의 상징이었던 비둘기가 비상하면 장관일 거라고 기대했겠지요. 하지만 당연히 동물은 사람의 마음대로 움직이지 않습니다. 성화대의 불길이 너무 셌을지도 모릅니다. 많은 비둘기가 불길에 휩싸였습니다. 올림픽 경기장에는 비둘기 타는 냄새가 났습니다.

간신히 고양이를 차지 않는 대신 넘어졌습니다. 그때 다친 왼팔 인대는 지금도 아픕니다. 고양이는 제가 넘어지는 순간에도 가만히 바라보고만 있었습니다. 흔히 식빵을 굽는다고 하는 자세로.

고양이를 가까이에서 본 것은 처음이지만 새끼가 아니라는 것 정도는 알았습니다. 다 큰 것인지, 적당히 큰 것인지, 고양이는 원래 빨리 크는 것인지, 이 고양이가 유전적으로 덩치가 큰 편인지, 그런 걸 어떻게 알겠습니까. 왜 도망을 치지 않을까. 왜 날 보고만 있을까. 고양이의 마음을 제가 어떻게 알겠습니까. 큰 회색 고양이라는 것 말고는 아무것도 몰랐습니다.

"안녕."

고양이 표정에 변화가 없더군요. 고양이의 매력은 무표정한 것 같기도 하고, 호기심이 섞여 있는 것 같기도 한, 그런 눈동자에 있습니다. 어떻게 해야 하나, 잠깐 고민하다가 왼쪽 팔을 주무르며 집을 나왔습니다. 다른 누군가가 뭐라도 할 거라고 생각했습니다. 시간이 없었습니다.

인대가 늘어난 건 그날 낮에 알았습니다.

*

다음 날 아침에도 그대로였습니다.

집에 들어올 때는…… 모릅니다. 어두워서 그럴 수도 있습니다. 왼쪽 팔이 아프다는 생각을 하면서도 고양이 생각은 나지 않았습니다.

다시 보고서야 알았습니다.

계속 회색 고양이가 웅크리고 있다는 것. 사실 며칠 동안 있었는지 알 수 없다는 것.

우리가 서로 멀뚱히 보고 있다는 것.

그냥 지나갔습니다. 혹시 주인이 있다면, 주인을 만난다면 왼팔 인대에 대한 병원비를 청구해야 할까 하는 생각은 들었습니다. 물론 지금은 그럴 생각이 없습니다.

이제 고양이의 주인은 저니까요. 제가 저한테 병원비를 청구할 수는 없잖습니까.

*

고양이는 야옹야옹 울지도 않았습니다. 어쩐지 불편했습니다. 알아서 다른 곳에 갔으면 좋겠더군요.

물이 없어서 편의점에 다녀왔습니다. 편의점에 다녀오는 김에 고양이가 먹을 것도 샀습니다.

식사인지 간식인지 뭔지는 몰랐지만 고양이가 그려진 네모난 조각들이 든 것을 샀습니다. 편의점 아르바이트생에게 고양이가 먹는 게 맞느냐고 물어보기도 했습니다. 아뇨, 영수증은 기억나지 않습니다. 사료인지 간식인지는 모르지만 자주 팔리는 것이라고 해서 사 왔습니다. 사실 두 종류를 샀습니다. 입맛에 안 맞을까 봐, 양이 적을까 봐.

사람이 먹는 것보다 비쌌습니다.

"먹어."

쳐다보기만 합니다.

짜증이 났습니다. 나름대로 착한 일을 한다고 뿌듯해하면서 왔거든요. 동물에게 먹을 것과 물을 주는 것은 착한 일이잖습니까. 비둘기에게 모이를 주는 사람을 보면서는 저런 사람들 때문에 날아다니는 쥐들이 사라지지 않는다고 인상을 쓰지만, 고양이에게 물과 먹을 것을 챙겨 주는 것은 착한 일이잖습니까.

확 제가 먹어 버릴까 싶었습니다. 심하게 비렸습니다. 냄새가 확실하게 이건 고양이의 것이라고 말해 주더군요. 고양이는 왜 이런 것을 좋아하나 싶었습니다. 저는 비위가 약합니다. 먹을 만한 냄새가 났다면 한 조각 정도는 먹었을 겁니다.

두 봉지 다 뜯지 말걸. 고양이는 제 동정심에 감사해하지 않았습니다. 동정심에는 돈이 들었는데 그 값어치를 확인할 수 없었습니다. 말 못하는 동물에게 뭘 바라는 것인가 스스로도 어이가 없긴 했습니다. 할 만큼은 했으니까요.

한 시간 뒤에 나가 봤습니다.

먹을 것과 물은 말끔하게 비워져 있었습니다.

웅크린 회색 고양이의 수염 끝에 물이 묻어 있었습니다.

처음 든 생각이 뭐였는지 아십니까?

더 사올걸. 물을 더 많이 부어줄걸.

냄새가 났습니다. 고양이 주변에 물이 흥건했습니다. 고양이가 물을 마시려다 엎지른 줄 알았습니다. 톡 쏘는 것 같고, 발로 문질러 보니 물보다 아주 약간 진한 느낌이 들었습니다. 호랑이만큼 지독한 냄새는 아니었습니다. 살짝 고양이를 들어 봤습니다. 오줌 옆에 앉혀 둘 수는 없으니까요.

고양이가 다리를 뻗어서 제 몸에 안겼습니다. 살아 있는 뭔가가 뭉클거리면서 저를 붙잡고 있는 느낌이 이상했습니다. 고양이 발톱이 제 옷에 박히는 느낌이 났습니다. 생각했던 것보다 무거웠습니다. 어쩐지 고양이는 거품같이 가벼울 거라고 생각했거든요. 안고 있는 제 자세도 엉거주춤하고, 고양이도 뭔가 불편한 것 같았습니다. 고양이가 발톱을 더 내밀까 신경이 쓰였습니다.

꿈틀거림, 박동.

온기가 있으면서 꿈틀거리는 것.

천천히 아래로 미끄러지기 시작하는 엉덩이를 받쳤습니다.

고양이는 흘러내리는 동물이었습니다.

*

물부터 끓였습니다.

내려놓자마자 자연스럽게 택배 상자 안에 쏙 들어가서 앉더군요. 마치 여기가 자기 집이었다는 것처럼. 사람한테는 아주 조금 쌀쌀한 날씨였지만 고양이한테는 어떤지 몰라서, 페트병에다 뜨거운 물을 넣고 수건을 감아서 택배 상자 안에 넣었습니다. 저도 추운 날에는 뜨거운 페트병을 안고 잤습니다.

"사람에게 필요한 건 고양이에게도 필요해요."

아는 사람에게 전화를 했습니다. 친구라고 부를 만한 사이는 아니고 어쩌다 보니 알고 있는 사람입니다. 누군가와 친해지려면 그만큼의 마음을 내줘야 합니다. 저는 많은 사람을 알고 지낼 수 없습니다. 피곤하니까요. 대화는 너무 피곤합니다. 하지만 인터넷에는 고양이에 대한 정보가 너무 많아서, 맞고 틀린 것을 판단할 수 없어서 아는 사람에게 물어봤습니다.

인터넷은 도움이 되지 않았습니다. 회색 고양이를 검색했더니 품종에 대한 말이 제일 많았습니다. 회색 고양이면 죄다 러시안블루냐고, 진짜 러시안블루가 우리나라에 얼마나 있겠냐는 말도 있었습니다. 품종 따위는 궁금하지 않았습니다. 중요한 건 고양이 건강이니까요. 아는 사람은 먹고, 싸고, 자는 게 중요하다고 했습니다. 사료와 모래부터 사 오라고 했습니다. 뭘 사야 하냐고 물었더니 우선 가장 무난한 것부터 시작하라고 하더군요.

시작?

고양이마다 취향이 다르다고 했습니다. 모래든 사료든, 하나씩 해 보는 수밖에 없다고 했습니다. 화장실 모래가 마음에 들지 않으면 오줌을 계속 참다가 병이 나는 고양이도 있다고 합니다. 고작 모래 따위가 마음에 들지 않는다고 며칠씩 오줌을 참다니. 하긴 저도 낯선 곳에 가면 변비에 걸립니다. 사료도 마찬가지라고 합니다. 배가 고프면 먹기는 먹지만 영양실조에 걸리는 경우가 있으니 좋아하는 사료를 알아봐야 한다고 했습니다. 저는 오이와 가지를 싫어합니다. 만약 매일 오이만 먹어야 한다면 억지로 먹긴 하겠지만 고통스럽겠지요. 아는 사람이 고양이는 원래 그렇다고 조심스럽게 말했습니다. 금방 납득했습니다.

저도 비슷하니까요.

다만 걱정이 될 뿐이었습니다.

사료와 모래는 무거웠습니다. 고양이 한 마리 무게 같았습니다. 다른 점이라고는 움직이지 않고 그냥 단단할 뿐이었습니다. 다른 택배 상자에 모래를 부었더니 곧바로 그 위로 올라와서 볼일을 보더군요. 볼일을 보고 스스로 덮는 게 신기했습니다. 상자 밖에 모래가 튀어나와 다시 쓸어 담아야 했습니다. 덮을 줄은 알아도 치울 줄은 모르더군요.

고양이가 볼일을 보는 동안 사료를 부었습니다. 얼마나 줘야 하는지 몰라서 넉넉하게 밥공기 한 그릇 정도 담았습니다. 제가 쓰던 밥그릇을 내줬습니다. 잘 먹더군요.

"고양이는 물을 싫어해요."

아는 사람은 한바탕 전쟁을 치르게 될 거라고, 서로 교감을 쌓은 뒤에 해도 고양이 목욕은 쉬운 일이 아니라고 했습니다. 고양이는 스스로 털을 핥기 때문에 1년에 한두 번만 목욕을 해도 충분하다고, 평생 목욕을 하지 않아도 문제없다고 했습니다. 따뜻한 물수건으로 살살 문질러만 줬습니다. 약간 더 옅은 회색 고양이가 됐습니다.

아는 사람은 묘연, 고양이와의 인연을 축하한다고 했습니다. 고양이를 키우는 사람들을 집사라고 부른다고, 고양이는 기르는 게 아니라 모시는 거라고 웃었습니다. 정말 귀엽고 사랑스러운 고양이라고, 집에서 키우던 고양이라고, 길고양이가 아니라고 단정했습니다. 주인이 애타게 찾고 있을 수도 있다고 했습니다.

아니면 버렸거나.

*

"보호소에 가면 죽어요."

집사가 될 생각은 해 본 적이 없다고, 보호소 이야기를 꺼내자 아는 사람의 목소리가 달라졌습니다. 주인을 찾아 주자고 했습니다.

동의했습니다. 고양이 사진은 찍기 힘듭니다. 셔터를 누르려고 하면 꼭 살짝 움직였습니다. 수십 번의 시도 끝에 제대로 된 사진을 두 장 건졌습니다. 경위를 썼습니다. 하지만 며칠 동안 고양이를 찾는 전단지를 본 적이 없습니다. 몇 장의 전단지가 하필이면 제 눈에 보이지 않았을 수도 있습니다. 혹시라도 고양이를 찾고 있을 주인을 위해 할 수 있는 일을 하는 것일 뿐이었습니다. 기대는 하지 않았습니다.

인터넷에 글을 올렸습니다. 많은 사람이 걱정하고 분노해 주었습니다. 꼭 주인을 찾아 주라고 당부했습니다. 집사가 됐다며 축하하는 사람도, 부러워하는 사람도 있었습니다. 주인이 나타나지 않으면 자기가 데려가겠다고, 절대 보호소에 보내면 안 된다고 당부하며 자신의 연락처를 선뜻 보내오는 사람도 있었습니다. 요즘 세상에 함부로 연락처를 보내다니, 제가 다 걱정이 들었습니다. 모두 고양이와 집사는 인연으로 맺어지는 운명이라고 했습니다.

이해가 되지 않았습니다.

다른 고양이와 살아 본 적이 없으니, 얼마나 착한 고양이인지는 알 수 없었습니다. 착하다는 말도 이상합니다. 어떤 사람이 착한 사람입니까. 어떤 고양이가 착한 고양이입니까. 어떻게 생긴 고양이가 귀여운 고양이고, 어떻게 생긴 고양이가 못생긴 고양이입니까. 적응을 잘했으니 착한 고양이입니까.

적응을 잘하긴 했습니까.

제가 밖에 나갔다 오면 늘 숨어 있었습니다. 당연합니다. 서로 서먹하니까요. 무섭겠지요. 한 번 숨으면 한참 동안 나오지 않았습니다. 간식을 뜯어도 잘 나오지 않았습니다. 다행히 제가 사 올 수 있는 가격대의 사료를 잘 먹었습니다. 화장실도 가렸습니다. 동물 병원에 데리고 갔더니 별문제는 없는 것 같다고, 자세한 검사를 받겠냐고 물었습니다. 검사를 많이 할 수는 없었습니다. 간단한 진료와 약을 사는 데도 적지 않은 돈이 들었습니다.

수의사 선생님은 누가 키우던 고양이 같다고, 네다섯 살 정도로 보인다고 했습니다. 중성화 수술이 되어 있지 않은 것 같은데 엑스레이를 찍어 봐야 확실하다고 했습니다. 약을 사료에 섞어서 먹이라고, 잘 먹지 않으면 간식과 함께 주라고 했습니다. 문제가 생기면 또 오라고 했습니다. 하지만 고양이에게 이런 목줄을 하면 안 된다고, 이동장에 넣어서 다녀야 한다고 했습니다. 이런 끈은 자칫 고양이 목을 조르게 될 수도 있고, 반대로 고양이가 빠져나갈 수도 있다고 했습니다.

가끔 고양이가 장난을 겁니다. 하루 종일 혼자 있으니 심심하겠지요. 하지만 저는 집에 오면 피곤합니다. 새벽에 장난을 받아 줄 수는 없습니다. 누군가와 갑자기 같이 사는 건 쉽지 않습니다. 액자가 깨졌습니다. 깨질 위험이 있는 물건들은 다 치우고 사는 수밖에 없다고 했습니다. 비싼 액자는 아니지만 제게는 유일한 액자입니다. 고양이가 다치지 않은 게 다행이었습니다. 고양이도 놀랐는지 액자를 깨고 이틀 동안 숨어 있었습니다. 화장실만 철저하게 가려도 안심이었습니다. 제가 없는 사이에 이불이나 컴퓨터에 오줌을 쌀까 봐 걱정했습니다.

이름을 붙여 주지 않은 건 오해입니다. 그냥 고양이라는 글자는 그 자체로도 좋은 이름 같았으니까요.

고양이.

제게 고양이라고 부를 동물은 회색 고양이밖에 없습니다.

하지만 10년은 자신 없었습니다.

고양이의 평균 수명은 15년입니다. 앞으로 10년 이상 같이 살아야 합니다. 수의사 선생님은 고양이가 귀여울 때만 키우다가 나이가 들면 유기하는 경우가 많다고 했습니다. 사람처럼 고양이도 늙으면 병원비가 많이 나간다고 합니다. 수백만 원이 드는 경우도 있다고. 고개를 끄덕였습니다. 언제까지나 귀엽고 건강할 수는 없겠지요. 당연히 고양이도 병에 걸리고 늙겠지요.

정이 들기 전에 끊어 낼 필요도 있습니다.

그런 생각을 하다가 보름이 지났습니다.

보호소는 정말 보호만 합니다. 일정 기간이 지났는데도 데려가는 사람이 없으면 안락사시킵니다. 보호소의 상황도 이해됩니다. 동물은 끝없이 밀려들어 오고, 모든 동물을 감당할 수는 없습니다. 전염병에도 취약하다고 합니다. 실종된 고양이를 보호소에서 간신히 찾았지만 이미 건강은 엉망이 됐다는 글도 읽었습니다. 보호소가 나쁜 건 아닙니다. 나쁜 건 따로 있습니다.

그런데, 그럼 제가 나쁩니까. 높은 확률로 죽게 될 것을 알면서 보호소에 보내는 제가 나쁩니까. 저는 나쁜 사람이 아닙니다. 그럼 어떻게 해야 합니까. 인터넷에 글을 올려 고양이를 맡을 사람을 찾으려고 했더니 아는 사람이 반대했습니다. 중성화 수술이 되어 있지 않은 암컷은, 품종이 있는 고양이는 이른바 고양이 공장에 가기 쉽답니다. 업자들이 교묘하게 속여서 데리고 간답니다. 업자들이 데리고 가면 새끼만 낳다가 죽는다고 합니다. 진짜 주인이라면 그동안 찍은 사진이 있을 거라고 합니다. 철저하게 확인을 해야 한다고 합니다. 그런데 아직 제 눈에는 고양이가 다 비슷하게 보이는데 사진을 본다고 알겠습니까. 저는 사람을 의심하는 일을 제일 싫어합니다.

아는 사람은 시간을 달라고 했습니다. 좋은 집사를 찾아 주겠다고 했습니다. 시간이 지났습니다. 주인이 애타게 찾고 다닐 수도 있습니다. 어쩌다 연락이 닿지 않는 것일 수도 있습니다. 너무 멀리 나왔다가 집을 잃은 고양이일 수도 있습니다. 고양이 주인이 잠도 못 자고 찾고 있을 수도 있습니다. 모든 가능성은 열려 있고 어떤 선택지라도 정답은 같았습니다.

누군가가 고양이를 키워야 합니다. 언제까지라도 키워야 합니다.

일주일이 또 지났습니다.

*

저는 건강하지 않습니다. 잠을 설치기 일쑤고 깊은 잠을 자지 못해 늘 피곤합니다. 제대로 쉬지 못하면 다음 날은 지옥입니다. 건강하지 않은 건 제 잘못이 아닙니다.

고양이는 야행성 동물입니다.

시간이 지나면 서로 적응한다고 합니다. 같이 자고 같이 일어난다고, 고양이가 사람보다 훨씬 많이 자니까 무한한 인내심을 갖고 기다리면 해결된다고 합니다. 끝까지 적응하지 못하는 경우도 있다는 이야기는 잘 하지 않습니다. 맞는 말입니다. 고양이와 함께 살고 싶으면 참는 것을 배워야 합니다.

이불은 작습니다. 친근감의 표시라지만 자꾸 제 배 위에 올라오거나 모래 묻은 엉덩이를 얼굴에 들이대는 건 그다지 반갑지 않습니다. 고양이는 제 옆에서 잤습니다. 누군가가 바로 옆에 있으면 신경이 쓰일 수밖에 없습니다. 고양이도 사람처럼 코를 곱니다. 방귀도 뀝니다. 고양이 방귀 냄새는 사람의 것만큼 독합니다. 고양이도 잘 때 뒤척입니다. 다 큰 고양이는 작지 않습니다. 작은 건 새끼 고양이뿐입니다. 고양이가 뒤척이면 예민한 저는 바로 깹니다. 제가 잠깐이라도 깨면 고양이도 같이 깨서 저를 바라봅니다. 입 냄새가 좋은 사람이 없는 것처럼 고양이의 입 냄새도 마찬가지입니다. 고양이 입에서는 비린 사료 냄새가 납니다. 고양이가 깨니까 제가 깨고, 제가 깨니까 고양이가 깹니다. 고양이도 힘들겠지만 저도 피곤합니다.

할 수 없이 자기 전, 고양이와 택배 상자를 화장실에 넣었습니다. 화장실이 추울까 봐 뜨거운 물을 담은 페트병을 다섯 개나 넣었습니다. 다섯 개의 페트병을 준비하는 데만 삼십 분이 걸렸습니다. 화장실에 넣었더니 처음에는 가만히 있습니다. 그런데 제 방 불을 끄니 문을 긁으며 심하게 웁니다. 화장실 불을 켜 둬도 마찬가지입니다. 어떻게 제가 자는 척하는 것과 진짜 자는 것을 알아채는지 모르겠습니다.

어쩔 수 없이 화장실 문을 열어 줬습니다. 눈치를 보더니 잠자리 옆에 조용히 앉습니다. 고양이가 제 눈치를 살피는 게 미안하고, 미안하니까 짜증이 났습니다. 가슴이 답답해서 깼더니 고양이가 제 배 위에서 자고 있습니다. 아는 사람은 자기는 고양이와 같이 자는 게 소원이라고 정말 부럽다고 합니다. 하지만 저는 아닙니다. 일주일 동안 잠을 설치자 바로 위험 신호가 옵니다. 저는 비염이 있습니다. 평소에는 지낼 만한데 환절기 때는 고통스럽습니다. 고양이와 함께 지낸 뒤로 재채기가 평소보다 많이 나고 콧물이 흐를 때가 늘었습니다. 항히스타민제를 먹었습니다. 고양이와 살기 전에 고양이 알레르기 검사를 먼저 해야 하는 것을 몰랐습니다. 어쩐지 평소보다 간지럽습니다. 물론 방이 지나치게 건조해서 그럴 수도 있습니다.

수건에 고양이 털이 박혀 있습니다. 고양이 털로 얼굴을 닦는 느낌입니다. 빨래건조기를 사면 좀 낫다고 합니다. 빨래건조기는 100만 원이 넘습니다. 라면을 끓였는데 국물 위에 회색 털이 떠 있습니다. 밥에 고양이 털이 투명한 바늘처럼 박혀 있습니다. 고양이와 같이 살면 털은 포기해야 한다고, 검은색 옷은 더 이상 입을 수 없다고 합니다. 아무리 청소를 해도 털이 날리는 건 감수해야 하며, 장묘종이건 단묘종이건 고양이와 함께 사는 이상 털은 방법이 없다고 합니다. 불빛에 고양이 털이 떠 있는 것이 보입니다. 청소용 테이프를 사다가 이불을 밀어 봤더니 테이프가 금방 회색으로 변합니다. 청소용 테이프를 몇 박스씩 사 둔 집사도 많았습니다. 고양이 털은 떨어지는 게 아니라 뿜는 것이라는 말이 맞았습니다.

이불에 고양이 화장실 모래도 붙어 있습니다. 이건 사막화라고 부릅니다. 온 집에 모래가 굴러다닌다고 합니다. 화장실도 매일 치워야 합니다. 고양이 대소변을 흡수한 뭉쳐진 모래를 버리고 그만큼 새 모래를 부어 줘야 합니다. 화장실을 알아서 잘 가려도 냄새가 안 날 수는 없습니다. 집의 냄새가 달라졌습니다. 집이 넓으면 또 모르겠습니다. 꼬박꼬박 사료와 물을 주는 건 힘든 축에도 들지 않습니다. 대신 사흘 이상의 여행은 포기해야 합니다. 길거리 고양이의 피부병이 사람에게 옮는다고도 합니다. 동물 병원에 데리고 가야 하는 게 아닌가, 나부터 피부과에 다녀와야 하는 게 아닌가. 예전보다 간지러운 것 같습니다.

그러다 고양이의 보은을 받았습니다. 자고 있는데 고양이가 얼굴에 뭔가를 떨어뜨리고 울었습니다. 고양이가 집사를 좋아하면 고맙다는 뜻으로 자신이 좋아하는 것을 선물로 준다고 합니다.

지네는 살아 있었습니다.

*

아는 사람은 고양이를 데려갈 마땅한 사람이 없다고 했습니다. 약속은 자꾸 뒤로 밀렸습니다. 잠깐 맡아 줄 사람이라도 찾을 테니 조금만 더 기다려 달라고 했습니다. 몇 번 더 약속이 깨졌습니다.

“열흘만 더 돌봐 주세요. 꼭 부탁드려요.”

아는 사람의 목소리가 심하게 떨렸습니다. 금요일 밤에 네 시간 거리를 달려오겠다고 했습니다. 불쾌했습니다. 평소에 저를 어떤 사람이라고 생각했을까요? 왜 목소리가 떨리는 걸까요? 약속을 깬 건 아는 사람이지 제가 아닙니다. 그리고 저는 매정하지 않습니다. 혹시 당신도 의심하고 계십니까?

아닙니다. 분명히 당신은 의심하고 있습니다.

이해합니다. 고양이의 보은 이후 예민해지긴 했지만 저는 이해심이 많은 사람입니다. 하루에 열 번 넘게 연락한 건 심하다는 말도 동의합니다. 그 정도인지는 몰랐습니다. 답답해서 그랬습니다. 인터넷은 믿을 수 없어서 그랬습니다. 고양이가 기분이 좋아 부르는 골골송을 처음 본 사람의 질문에 진통제를 먹이면 된다는 말을 인터넷에서는 아무렇게나 장난이라고 남깁니다. 고양이가 사람 진통제를 먹으면 죽습니다. 자칫하다 고양이를 죽일 뻔해서 인터넷은 믿지 않습니다. 어린아이들이 보고 따라 하면 어쩌려고 위험한 글을 올립니까. 어떻게 이게 장난일 수 있습니까. 미안합니다. 제 말투는 원래 딱딱합니다. 그래도 고치려고 노력 중입니다. 잠도 제대로 자지 못하고, 고양이가 또 이상한 행동을 할까 봐 불안하고 답답한 마음에 신경질적으로 말했나 봅니다. 그렇다고 저를 의심합니까. 의심을 받는다는 것은 굉장히 불쾌한 일입니다.

의심은 생각을 낳습니다.

저는 생각이 많은 사람입니다.

가만히 생각해 보면 이 고양이는 이제 제 것이 아닙니까. 고양이를 돌본 건 접니다. 제가 고양이의 집사입니다. 재채기를 참아가며 콧물을 흘리고 있는 것은 접니다.

가만히 생각해 보면 아는 사람은 무슨 권리로 제게 기다려 달라고 말하는 겁니까. 하지만 왜 고양이를 바로 데려가지는 않습니까. 이미 세 마리가 있기 때문입니까. 다 큰 고양이끼리 합사가 쉽지 않아서 그렇습니까. 고양이는 영역 동물이라서 세 마리의 고양이가 심하게 스트레스를 받기 때문입니까.

하지만 저도 스트레스를 받고 있습니다.

화가 나서 그랬습니다. 연락을 받지 않을 자유도 없습니까. 분명히 말했습니다. 참견이 지나치다고 이번에도 약속을 지킬 것 같지 않은데 다시 생각해 보고 연락하겠다고. 금요일 밤 만나는 일은 없던 것으로 하자고 했습니다.

짜증 나서 그랬을 뿐입니다.

이번에는 당신입니다.

아닙니다. 저는 흥분하지 않았습니다. 차분하게 제 이야기를 하나하나 하고 있습니다. 더 말할 수도 있습니다. 고양이는 벽지를 긁습니다. 본능입니다. 스크래쳐를 사면 된답니다. 샀습니다. 한 번 냄새만 맡고 말았습니다. 취향, 취향, 어려운 취향. 당장 고양이 마음에 드는 스크래쳐를 몇 종류씩 살 수는 없습니다. 집주인이 나중에 보면 변상을 요구할 겁니다. 문, 창문, 책상에 생긴 저 줄, 저 흔적은 어떻게 해야 합니까. 누가 봐도 고양이가 긁은 자국입니다.

고양이는 이유 없이 마구 뜁니다. 하루 종일 가만히 있지 않습니다. 살아 있으니까요. 고양이는 이유 없이 허공을 바라보거나 펄쩍 뛰기도 합니다. 신기하고 엉뚱합니다. 하지만 한밤중에 고양이가 우다다 달리면 작은 지진이 일어나는 것 같습니다. 물고 할퀴기도 합니다. 압니다. 장난을 치자는 뜻입니다. 하지만 피가 납니다. 제 팔이 보이지 않습니까.

저는 그래도 고양이를 이해했습니다.

왜, 그런데, 고양이를 이해하는 저는 이해해 주지 않습니까.

아는 사람은 믿겠다고 하며 전화를 끊었습니다. 무엇을 믿겠다는 것인지 그 말을 한참 곱씹고 있는데 메시지가 왔습니다. 미안하게 생각한다고, 저를 믿지만 고양이가 안전하게 있는지 걱정된다고, 지금 시간이 나온 사진을 보내줄 수 있겠냐고 했습니다.

고함을 친 것은 미안합니다. 욕을 한 기억은 없습니다. 이 목소리는 분명 제 목소리가 맞습니다. 미안합니다. 흥분했던 것 같습니다.

하지만 사진은 정말 실수입니다.

아까도 말했습니다. 고양이 사진은 찍기 힘듭니다. 하나, 둘, 셋까지 기다려 주지 않습니다. 화가 났지만 사진을 찍고 바로 전송을 눌렀습니다. 사진은 확인하지 않았습니다. 사진을 찍기 바빴고 그것을 처리하느라 바빴습니다. 저도 놀라서 급하게 그것을 내던져 버리려고 창문을 열었습니다.

고양이가 또 보은을 할 줄은 몰랐습니다.

토막 난 지네 사진은 어디까지나 실수입니다.

하필이면 왜 그것이 찍혔는지 그것도 우연입니다. 지네 한 마리보다 더 끔찍한 게 무엇인지 아십니까? 반토막이 났는데도 꿈틀거리고 있는 지네입니다. 보이지 않는 나머지 지네 반 토막의 행방입니다. 저는 빨리 나머지를 찾아야 했습니다.

무엇을 던졌냐고요?

당연한 것을 왜 묻습니까?

고양이의 가출은 문단속 때문입니다. 잘 알지도 못하는 동물을 함부로 데리고 온 것도 맞습니다. 마음이 왔다 갔다 한 것도 맞습니다. 하지만 저는 고양이를 돌봤을 뿐입니다. 방묘창이 뭔지 몰랐습니다. 고양이를 키우려면 많은 것을 알아야 합니다. 모르면 안 됩니다. 하지만 당신이 의심하는 그런 건 결코 아닙니다.

아닙니다.

아니, 버렸다고 하면 어떻게 됩니까. 고양이가 제 것이 아니라면 저는 버릴 수가 없습니다. 고양이가 제 것이라면 피해자는 접니다. 저는 빨리 고양이를 찾아야 합니다. 어느 집 앞에 앉아 있을지 모릅니다. 고양이를 잃어버린 사람에게 이건 심하지 않습니까?

저는 분명히 말했습니다.

피곤합니다.

이제 더 이상 말하기 싫습니다.

작가의 말

소설은 생물과 같다. 작가라도 마음대로 할 수 없다. 작가의 의도대로 움직인다면 그건 소설이 아니라 소설처럼 보이는 인형일 것이다. 소설을 쓸 때마다 쓰고 있는 '무엇'이 인형이 되지 않기를 바랐다. 기대에 어긋나야 불안하지 않다는 것은 아이러니하다.

「고양이를 찾」은 절반까지는 계획대로 썼다. 계획대로 썼는데도 뭔가 아니라는 생각이 들었다. 믿기 힘들겠지만 처음에는 분명 밝고, 발랄하고, 황당한 이야기를 쓰고 있었다. 게으른 고양이가 한심한 눈빛으로 '나'를 쳐다보고, 갑자기 고양이의 신이 나타나서 기지개를 켜는 그런 이야기였는데 어딘가 마음에 걸렸다. 처음에 쓰던 소설이 문득 말을 걸어왔다.

지금 쓰는 거, 진심이야?

어쩔 수 없이 새로 썼다. 고쳐 쓰는 게 아니라 시작부터 끝까지 완전히 다시 썼다. 이럴 거면 진작 말하지, 벌써 절반이나 썼는데……. 어쩔 수 없잖아. 시행착오는 시간 낭비가 아니야. 반드시 필요해. 모든 과정의 일부니까. 대신 제목은 깔끔하게 정해 줄게.

그래, 제목이 마음에 드니까 좋긴 해. 잠깐, 지금 나 누구하고 말하고 있지? 지금 쓰고 있는 '작가의 말'은 또 누가 누구에게 하는 것이지?

두 소설을 놓고 비교해 보니 하고 싶은 말은 달라지지 않았는데 인물이, 스토리가, 분위기가 다른 소설이 툭 앉아 있었다. 아, 소설과 고양이는 별반 다르지 않구나. 이것도 이제야 알았다.

쓰는 내내 소설 속의 고양이가 상처받지 않기를 기도했다.

작가의 말은 세 번 다시 썼다.

김
선
희

시벨

김선희

장편동화 『흐린 후 차차 갬』으로 비룡소 황금도깨비상을 수상하며 작품 활동을 시작했다. 『더 빨강』으로 사계절문학상을, 『열여덟 소울』로 살림YA문학상을 수상했다. 지은 책으로 『1의 들러리』 『이상한 동거』 『검은 하트』 등이 있다.

어려서부터 나는 내 감정들을 쪼개는 버릇이 있었다. 슬플 때는 슬픔을 천백만 아흔일곱 개로 쪼갰다. 그러면 나중에는 슬픔이라는 덩어리는 사라지고 정체를 알 수 없는 미세한 입자들만 남는다. 외로움이나 고통 같은 감정들도 마찬가지다. 그렇게 나노 입자가 될 때까지 쪼개다 보면 이 세상의 모든 감정이 다 하찮은 먼지처럼 느껴진다. 그래서 나는 좀체 웃거나, 울거나, 화를 내거나, 짜증을 내지 않는 아이가 됐다.

내가 감정을 쪼개는 버릇을 갖게 된 건 아마도 초등학교 2학년 어느 날부터였던 거 같다. 그날 나는 화장실로 끌려가 집단 폭행을 당했다. 지금은 얼굴도 기억나지 않는 여덟 명의 아이들이 나를 빙 둘러쌌다.

누군가 "임대아파트에 사는 쓰레기"라고 말했다. 그리고 그 말이 떨어지자마자 폭행이 시작됐다. 한 아이가 내 옆구리를 걷어 찼다. 그것을 신호로 다른 아이들의 발길질이 시작됐다. 나는 화장실 바닥에 쓰러졌다. 쓰러져 있는 내 배와 가슴 위로 수없이 발길질이 계속됐다. 아프기보다는 '왜?'라는 의문이 자꾸 들었다.

왜 나는 아무 잘못도 안 했는데 맞고 있을까? 왜 임대아파트에 사는 게 쓰레기일까? 왜 이 아이들은 나를 싫어할까? 왜 나는 태어났을까? 왜 나는 나일까? 왜 화장실 천장은 하얀색일까? 왜 바닥은 차가울까? 왜? 왜? 왜? 수많은 물음표가 화장실 안을 가득 채웠다.

아이들이 교실로 돌아간 뒤에도 나는 화장실 바닥에 누워 있었다. 아프지는 않았는데 지독하게 외로웠다. 바닥에 누운 채로 외로움에서 벗어나는 방법을 연구하기 시작했다.

외로움을 커다란 덩어리라고 생각하자. 그 덩어리를 둘로 쪼개자. 그 둘을 넷으로 쪼개고, 넷을 여덟로 쪼개고, 여덟을 열여섯으로 쪼개자. 보이지 않을 때까지 계속 그렇게 쪼개고, 쪼개자. 그러자 신기하게도 외로운 감정이 말끔히 사라졌다. 그리고 정말로 외롭지 않게 됐다.

그 뒤에도 나는 여덟 명에게 자주 끌려가 맞았다. 아프면 아픈 감정을 쪼갰고 슬프면 슬픈 감정을 쪼갰다. 그때마다 외로움도 사라지고 두려움이나 슬픔도 사라졌다. 모든 감정이 다 먼지처럼 사라졌다. 여덟 명의 괴물들은 내가 울지도 않고 두려워하지도 않자 흥미를 잃었는지 나를 더는 화장실로 끌고 가지 않았다.

고등학교 2학년이 된 지금까지 나는 단 한 명의 친구도 사귀지 못했다. 아니, 어쩌면 친구를 사귀지 않은 것인지도 몰랐다. 같은 또래 아이들이 그날 나를 때렸던 여덟 명의 괴물들 같아서 반 아이들 얼굴을 보는 게 두려웠다. 아니, 두려웠다기보다는 싫었다. 아니, 싫다기보다는 뭐랄까. 아무 관심도 없었다.

혼자 놀기는 심심하니까 투명 인간 놀이를 했다. 규칙은 간단했다. 내가 투명 인간이라고 생각하면 된다. 투명 인간이 되니 할 수 있는 일이 많았다. 수업 시간에 엎드려 있거나, 급식 시간에 혼자 텅 빈 운동장을 천천히 걷거나, 수업 시간에 버젓이 소설책을 펼쳐 놓고 읽거나. 아무도 나를 볼 수 없으니 아무도 나에게 뭐라고 하지 않았다. 나중에는 선생님들까지도 내 놀이에 동참해 주었다. 놀이는 좀 더 과감해졌다.

수업 시간에 일어나 문 열고 나가기, 수업 시간에 텅 빈 복도 걷기, 수업이 끝나기 전에 책가방 챙겨 나오기.

우리 아파트 단지 뒤에는 낮은 산이 있다. 그 산 너머에 내가 다니던 초등학교, 중학교가 있고 지금 다니는 고등학교도 있다. 우리 아파트 정문 앞으로는 2차선 도로가 있는데 그 도로는 우리 동네에 와서 끝이 났다. 도로가 끝나는 곳에서부터 산이 시작됐다. 학교에 가려면 정문으로 나가 그 도로를 걸어서 아파트 단지를 빙 돌아가야 한다. 그러나 나는 초등학교 때부터 산을 넘어서 학교에 다녔다. 도로로 가면 삼사십 분 정도가 걸리지만 산을 넘으면 십 분 만에 학교에 도착할 수 있었다.

그 산에서 고양이를 만난 건 중학교 2학년 어느 초가을이었다. 그날도 수업 시간에 책가방을 챙겨 일어났다. 사범대학을 갓 졸업한 앳된 얼굴의 선생님이 나를 힐끔 쳐다볼 뿐 아무 말도 하지 않았다. 나는 조용히 뒷문을 열고 나왔다. 그 선생님도 다른 선생님들처럼 나의 투명 인간 놀이에 동참했던 걸까?

교문을 나와 언제나 그렇듯 집으로 가는 대신 산속으로 들어갔다. 수북이 쌓인 낙엽들과 마른 풀들이 발밑에서 서걱서걱 소리를 내며 부서졌다. 그 소리가 좋아 자주 낙엽을 밟으며 걸었다.

야옹.

갑자기 은사시나무 아래에서 고양이 울음소리가 들려왔다. 나는 발걸음을 멈췄다. 서걱거리던 낙엽 소리도 멈췄다. 야옹 소리는 아주 조심스럽고도 은밀하게 들려왔다. 마치 더는 걸어오지 말라는 일종의 신호 같았다.

그동안 산에서 도토리를 줍는 청설모나 다람쥐를 본 적은 있어도 고양이를 본 적은 한 번도 없었다. 잘못 들었나? 주위를 둘러보았다. 아무것도 없었다.

야옹.

그런데 또 고양이 울음소리가 들렸다. 소리가 나는 쪽을 자세히 보니 나무 덤불 속에서 초록색 구슬 같은 눈동자 두 개가 반짝이고 있었다. 낙엽과 비슷한 갈색과 흰색, 검은색이 뒤섞인 털을 갖고 있는 삼색 고양이였다.

고양이가 털을 잔뜩 곤추세운 채 나를 올려다보며 또다시 낮게 울었다. 이번에는 고양이 울음소리가 더 자세히 들렸다. 처음에는 야옹이라고 울었던 거 같았는데 자세히 들어 보니 야쿵이라고 했던 거 같다. 혹은 야잇홍이나 아얏쿵 하는 소리로 들렸다.

나는 떨렸다. 난생 처음 느껴 보는 떨림의 감정이었다. 두 조각, 네 조각, 여덟 조각. 떨림이 먼지처럼 사라지게 하려고 떨림을 쪼갰다. 하지만 실패했다. 심장이 빠르게 뛰었고 두 다리가 은사시나무 가지처럼 덜덜 떨렸다.

고양이는 나무 덤불 속에서 꼼짝하지 않았다. 나도 꼼짝하지 않았다. 우리는 꽤 오랫동안 그렇게 대치 상태로 서로를 노려보았다. 한참 동안 아무 일도 일어나지 않자 조금 안심이 됐다. 그제야 주머니에 있는 메추리알 조림이 생각났다. 그날 점심 반찬이었다.

내가 못 먹는 음식이 나올 수도 있으니까 급식실에 갈 때는 늘 휴지를 돌돌 말아서 가지고 갔다. 괜히 음식을 남겼다고 잔소리 듣기 싫었다. 못 먹는 음식은 그날그날 달랐다. 어떤 날은 콩나물을 못 먹었고 어떤 날은 생선을 못 먹었다. 아무것도 못 먹는 날에는 아예 급식실에 가지 않고 운동장을 빙빙 돌았다.

주머니에서 휴지에 싼 메추리알을 꺼내 발밑에 내려놓았다. 고양이가 메추리알을 힐끔 보더니 또다시 내 얼굴을 올려다보았다. 나는 뒤로 두 걸음 물러섰다. 고양이와 나 사이에 두 걸음 만큼의 거리가 더 생겼다. 야잇홍 하고 고양이가 또 작은 소리로 울었다.

고양이는 나무 덤불 속에서 한 걸음도 나오지 않았다. 모처럼 베푼 호의를 거절당한 것 같아 서운한 기분이 들었다.

용기를 내서 고양이에게 말했다.

"먹어."

고양이는 나를 빤히 올려다보았다. "왜?"라고 묻고 있는 것 같았다.

"먹어도 안 죽으니까 먹어."

고양이가 드디어 몸을 움직였다. 아주 잠깐 설렜다. 그런데 고양이는 내 쪽으로 다가오는 게 아니라 슬며시 몸을 돌려 나무 사이로 사라졌다. 한참을 기다렸지만 고양이는 다시 나타나지 않았다.

그 뒤로 한동안 그 고양이를 보지 못했다.

여덟 명의 괴물들이 나에게 '임대아파트에 사는 쓰레기'라고 했는데 엄밀히 말하자면 그 말은 틀리지 않았다. 우리 집은 내가 태어났을 때부터 진짜 쓰레기로 뒤덮여 있었으니까. 나는 쓰레기 더미에서 태어나 쓰레기 속에서 살고 있다.

우리 집이 이렇게 쓰레기집이 된 이유는 엄마 때문이다. 엄마는 쓰레기를 너무나 사랑하는 사람이다. 엄마는 하루 종일 우리 아파트뿐 아니라 산 너머에 있는 아파트까지 돌며 쓰레기를 주워 모은다. 몸무게가 80킬로그램이 넘는 여자가 하루 종일 분리수거장을 기웃거리고 다니는 모습은 이 동네에서 그리 낯선 광경이 아니다.

엄마가 주워 오는 쓰레기에는 특별한 규칙이 없다. 때로는 누렇게 때가 찌든 변기 뚜껑일 때도 있고, 뒷바퀴가 빠진 장난감 자동차일 때도 있고, 이가 빠진 사기그릇, 새우젓을 담았던 빈 플라스틱통, 주머니가 찢어진 가방, 어린애들 운동화, 헌옷, 깨진 항아리 등등 그때그때 다르다.

내 기억에 우리 집에서 쓰레기가 나간 적은 한 번도 없다. 엄마 말에 의하면 무엇이든 언젠가는 쓸 데가 있다는 것이다. 쓰레기로 발 디딜 틈이 없고, 심지어는 바닥이 쌓인 쓰레기 때문에 천장이 점점 낮아지는데도 우리 식구들은 이렇게 사는 것에 아무 불만이 없다.

아빠는 운동에만 관심이 있는 사람이다. 매일 방문에 걸어 둔 철봉에서 턱걸이를 하며 상체를 단련시킨다. 헛둘헛둘 구령을 붙여 가며 몸을 들어 올리고 턱을 철봉에 걸칠 때마다 아빠는 쓰레기산을 점령하기 위해 안간힘을 쓰는 엑스맨 같다.

운동 덕분인지 아빠의 상체는 비현실적으로 발달했다. 역삼각형의 우람한 상체에 비해 하체는 보잘것없었다. 턱걸이를 할 때면 팔근육은 잔뜩 화가 나 있는 것처럼 보였는데, 허공에 떠 있는 두 다리는 얇고 힘이 없어 고무로 대충 만들어 놓은 고무다리 같았다. 그 얇은 다리로 우람한 상체를 지탱하고 있는 게 신기할 지경이었다.

사실 아빠의 직업이 뭔지 아직까지도 정확히 모른다. 어렸을 때 유치원 선생님이 "아빠는 뭐 하시니?" 하고 물어보면 나는 상업에 종사한다고 대답했다. 선생님이 "가게 하시니? 음식점? 마트?" 그러면 나는 조금은 풀이 죽어 대답했다.

"그냥 상업요."

그 당시 나는 상업이라는 직업이 따로 있는 줄 알았다. 엄마가 자주 "아빠 직업은 상업이야. 그러니까 너는 누가 물어보면 아빠는 상업에 종사하신다고 하면 돼"라고 알려 주었기 때문이다. 초등학교, 중학교, 고등학교를 거치는 동안 상업은 모든 장사를 통칭하는 넓은 의미로 사용되는 단어라는 것을 알았지만, 아빠가 상업 중에서도 구체적으로 어떤 업종에 종사하고 있는지는 아직도 모른다.

언니에 대해서라면 할 말이 없다. 한 방에서 18년을 살았지만 언니와는 한 번도 대화를 나눠 본 적이 없다. 거짓말 같지만 사실이다. 언니는 나보다 열두 살이 많다. 열두 살이면 같은 시간대에 살고 있다고 말할 수 없다. 우리는 쓰레기집에 살고 있다는 것 외에 공통점이 전혀 없다.

아빠는 여자가 말하는 걸 싫어한다. 여자들이 하는 말은 모조리 쓸데없는 말뿐이라서 차라리 입을 다물고 있는 게 지구 건강에 좋다고 믿는 사람이다. 그래서 우리 집 여자들은 말이 없다. 물론 아빠도 말이 없다. 밥을 먹을 때는 밥상 앞에서 함께 먹지만 누구도 말을 하지 않는다. 우리는 각자의 영역에서 조용히 살아간다. 이런 규칙이 평생 계속돼 왔다.

나는 쓸데없는 말을 하지 말아야 한다는 규칙에 대해 불만이 전혀 없다. 친구가 없는 것도 불만이 없고 임대아파트에 사는 것도 불만이 없다. 집이 쓰레기로 뒤덮여 있는 것도 물론.

그냥, 살아가는 것이다.

중학교 2학년 때까지 그냥 살아가는 것에 불만 없이 지냈다. 그런데 어느 날 그냥 살아가는 것에 불만이 생겼다. 여태까지 밥상 앞에서 한마디도 하지 않았던 언니가 젓가락으로 밥알을 세다 말고 문득 물었다.

"우리 언제까지 여기서 살아?"

그 말에 엄마가 커다란 양푼에 있는 비빔밥을 퍼먹다 말고 두 눈을 말똥말똥 뜨고 언니를 쳐다보았다. 아빠가 어금니 사이에 끼어 있는 콩나물을 손가락으로 빼내며 시큰둥하게 말했다.

"그건 왜 물어?"

언니는 아빠 대답 따위는 들을 필요도 없다는 듯 엄마 얼굴을 빤히 쳐다보았다. 엄마가 고추장이 묻어 시뻘게진 입술을 들썩이며 말했다.

"영구 임대니까 영원히 살겠지."

언니 얼굴이 일그러졌다. 이건 나만 알고 있는 비밀인데 사실 언니는 사랑하는 남자가 있다. 밤마다 이불 속에서 남친과 꽁냥꽁냥 통화하다가 잠들곤 한다. 며칠 전 언니 남친이 우리 집에 인사를 오겠다고 했던 거 같다. 언니가 당황하며 "우리 집에 다음에 오면 안 돼?" 하고 소곤거리는 소리를 들었다.

언니는 아무 말도 하지 않았다. 우리는 말없이 계속 밥을 먹었다. 그런데 그날 저녁부터 내 기분이 이상했다. 자꾸 엄마가 했던 "영구 임대니까 영원히 살겠지"라는 말이 머릿속에서 계속 리플레이됐다. 한 번도 영구임대아파트에서 영원히 사는 삶을 생각해 보지 않았는데 처음으로 그 삶을 상상해 보았다.

영원히가 언제까지일까? 천장까지 쓰레기가 차오를 때? 쓰레기로 이 집이 터져 버릴 때? 그때가 되면 우리는 물에 빠진 것처럼 쓰레기 속에서 숨이 막혀 죽겠지, 결국은 모두가 죽게 되겠지, 영원이라는 것은 결국 우리가 쓰레기 더미에 갇혀 죽을 때겠지.

그때 죽으나 지금 죽으나 아무런 차이가 없었다. 10년을 더 사는 것도 50년을 더 사는 것도 나에게는 아무 의미가 없었다. 어차피 인간은 다 죽는 걸. 어차피 죽는 거 쓰레기 속에서 죽기는 싫었다.

나는 약상자를 뒤져 약통에 있는 모든 약을 꺼냈다. 아빠와 엄마가 가끔 머리 아플 때 먹는 진통제부터 감기약, 소화제, 언니가 먹는 수면제까지 모을 수 있는 약은 다 모았다. 다 모아 놓고 보니 제법 많은 양이었다. 약을 가방에 넣고 산으로 올라갔다. 조금도 슬프거나 두렵지 않았다. 내 주검을 확인하는 아빠와 엄마, 언니의 얼굴을 상상하니 조금 통쾌한 기분이 들었다. 나를 위해 단 한 번이라도 울어 주겠지? 그러나 생각해 보니 그런 생각조차 부질없었다. 만약 식구들이 운다면 그건 나를 위해 우는 게 아니라 자신들의 슬픔을 위해 우는 것일 테니까.

죽기에 적당한 자리를 찾았다. 절편처럼 깎여 나간 바위 밑에 평평한 공간이 있었다. 그곳으로 올라갔다. 가방에서 약을 꺼내 입에 털어 넣고 생수를 마셨다. 하늘은 파랗고 풀 냄새는 향긋하고 바람은 시원했다. 그대로 누웠다. 눈을 감고 어쩌면 생애 마지막이 될 풀 냄새와 바람을 온몸으로 맞아들였다.

열다섯 해를 살았던 내 몸이 마지막 순간을 맞이하고 있다고 생각하니 왠지 모르게 엄숙한 기분이 들었다. 나 혼자 숭고한 의식을 치르는 기분이었다. 정신이 점점 희미해졌다. 죽어 가고 있다고 생각하자 믿을 수 없을 만큼 편안해졌다.

골골, 골골, 골골.

이상한 소리가 들렸지만 눈이 떠지지 않았다. 눈꺼풀을 바위가 누르고 있는 것처럼 눈이 무거웠다. 골골, 골골, 골골. 소리는 계속 들려왔다. 아주 먼 우주 밖에서 외계인이 보내는 신호 같았다.

1초가 지났는지 한 시간이 지났는지 모를 시간이었다.

누가 내 가슴을 꾹꾹 눌렀다. 아주 조심스럽고 신중하게. 압력이 느껴지지 않을 만큼 가볍게. 그러다가 점점 그 강도가 세졌다. 꾹꾹, 꾹꾹. 박자에 맞추기라도 하듯 리드미컬하게 내 가슴을 눌러 댔다. 가까스로 눈을 떴다. 주위는 어둑했는데 눈앞에 초록색 별 두 개가 반짝이고 있었다. 별이 이렇게 가까이 있는 걸 보니 내가 우주에 와 있을지도 모른다고 생각하던 그 순간.

야잇홍.

초록색 별이 소리를 냈다. 말하는 별이라고 생각하는데 별이 깜박거렸다. 자세히 보니 그건 고양이 눈이었다. 어둠이 차차 눈에 익자 형상이 점점 또렷이 보였다. 고양이는 내 가슴 위에서 쉴 새 없이 골골 소리를 내며 두 발로 가슴을 꾹꾹 눌러 대고 있었다.

예전에 나무 덤불 속에서 가만히 나를 올려다보던 그 고양이였다. 나는 분명히 알 수 있었다. 그 특별했던 초록색 눈동자를 잊을 리가 없었다. 처음 고양이에게 메추리알 조림을 놓아준 뒤로 꾸준히 그곳에 먹을 걸 두었다. 가끔씩 엄마가 주워 온 유통기한 지난 참치 캔을 가져다 놓기도 했는데 다음 날이면 음식물이 말끔히 없어졌다. 그 고양이가 먹었든, 다른 산짐승들이 먹었든 상관없었다. 고양이가 나한테 관심이 없듯, 나도 고양이한테 관심이 없었다. 그냥 습관처럼 음식을 가져다 놓았을 뿐이었다.

고양이와 눈이 마주치자 놀라서 벌떡 일어나 앉았다. 고양이가 가볍게 바닥으로 뛰어내리더니 다시 내 무릎 위로 살포시 올라왔다. 나는 얼떨떨해서 앉아 있는데 고양이가 내 손가락을 핥기 시작했다. 간지러워서 웃음이 나올 것 같았다. 고양이 혀는 사포처럼 까끌까끌했다. 새끼손가락을 살짝 깨물기도 했는데 전혀 아프지 않았다. 고양이가 정성을 다해서 어루만지는 듯한 느낌이어서 황홀한 기분이 들었다. 고양이는 내 손가락을 핥으면서도 끊임없이 그릉그릉 소리를 냈다. 그것은 곧 "내가 너를 이만큼 사랑하고 있으니까 제발 알아 줘"라고 속삭이는 말 같았다.

나는 용기를 내 고양이 등에 가만히 손을 갖다 댔다. 고양이 털은 부드럽고 따스했다. 지금까지 한 번도 만져 보지 못했던 다른 세상의 촉감이었다. 고양이는 가만히 있었다. 이번에는 천천히 등을 쓰다듬었다. 삼색 털이 가만히 가라앉았다. 고양이가 내 허벅지 위에 발라당 누웠다. 이번에는 고양이 발바닥을 만져 보았다. 젤리처럼 말랑말랑했다.

그날 집으로 들어갔을 때 엄마는 나를 보더니 눈물을 왈칵 쏟았고, 아빠는 주먹으로 내 얼굴을 때렸다. 어금니가 깨질 것처럼 아팠지만 이상하게 기분이 좋았다. 알고 보니 내가 집에 돌아간 건 이틀만이었다. 어쩐지 배가 고프다고 생각했는데 그렇게 오래 잔 줄은 몰랐다. 나는 이틀 동안 가출한 애가 돼 있었다.

아빠는 화가 풀리지 않았는지 현관문을 손가락으로 가리키며 당장 나가라고 소리쳤다. 엄마가 거대한 몸으로 아빠를 가로막았다.

"한 번만 봐줘요. 중2잖아요. 중2병은 약도 없는 불치병이라잖아요. 북한군도 무서워한다잖아, 여보."

엄마가 나를 아빠 앞에 강제로 무릎 꿇렸다. 나는 무릎을 꿇은 채 고개를 숙였다. 아빠는 그 뒤로 한 시간쯤 나를 혼냈다. 그렇지만 전혀 혼나는 기분이 아니었다. 내가 죽으려고 했던 게 중2병에 걸렸기 때문이라는 엄마의 말에 웃음이 나왔다. 불현듯 우주만큼의 무게나 먼지만큼의 무게나 똑같다는 이상한 깨달음이 왔다. 고개를 숙이고 있었지만 입술 사이로 자꾸 피식피식 웃음이 새어 나왔다. 그 모든 게 고양이가 부린 마법 같았다.

다음 날 학교에 갔지만 내가 이틀이나 무단결석했다는 사실을 아무도 모르는 것 같았다. 심지어 선생님도 왜 결석했느냐고 묻지 않았다. 학교는 이틀 전이나 이틀 후나 똑같았다.

그러나 나는 더 이상 이틀 전의 내가 아니었다.

고양이는 이제 나무 덤불 뒤에 숨지 않았다. 내가 산에 올라가면 어떻게 알았는지 꼬리를 직각으로 세우고 다가왔다. 꼬리 끝부분은 언제나 나를 향해 구부러져 있었는데 그건 나를 신뢰한다는 표시였다. 우리는 서로를 신뢰하는 사이가 됐다.

나는 고양이에게 이름을 지어 주기로 했다. 초록색 눈을 가진 삼색 고양이의 이름은 신비로워야 한다.

시벨.

그 이름은 내가 오래전부터 간직하고 있던 내 진짜 이름이었다. 그 이름을 아는 사람은 아무도 없었다. 나는 기꺼이 그 이름을 고양이에게 주었다.

우리 반 아이들이 시발, 시발이라고 외치고 다닐 때마다 나는 마음속으로 가만히 시벨, 시벨이라고 불러 보았다. 그러면 상스러운 단어 '시발'이 성스러운 단어 '시벨'로 변했다.

시벨은 그 이름이 마음에 드는지 "시벨"이라고 부르면 어디에 있든 달려왔다.

우리는 매일 만나 하루 종일 산을 돌아다녔다. 산은 가운데 나 있는 길을 중심으로 왼쪽 끝에서 오른쪽 끝까지 가는 데 십 분밖에 걸리지 않았다. 그래서 위에서부터 아래까지 지그재그로 산을 타고 내려갔다가 다시 지그재그로 산을 타고 올라갔다. 학교에 가지 않는 방학이나 토요일, 일요일에도 나는 산에 올라갔다. 시벨과 함께 있는 봄, 여름, 가을, 겨울. 모든 계절의 매일매일이 다 좋았다.

시벨은 나를 두 번 감동시켰다. 한 번은 자기가 사는 집으로 나를 안내했을 때였다. 시벨이 살고 있는 집은 나무로 가려진 바위틈, 돌이 떨어져 나간 아주 비좁은 공간이었다. 시벨이 폴짝 뛰어올라 바위틈으로 들어가자, 시벨의 몸이 액체처럼 쭉 늘어나 좁은 바위틈에 꽉 찼다.

초등학교 때 반 아이들은 생일이 되면 서로가 서로를 초대했다. 특히 반장이나 인기 있는 아이들 생일날이면 하루 종일 교실은 축제 분위기였다. 축하의 말이 오갔고 편지와 선물이 오갔다. 그리고 수업이 끝나면 무리를 지어 생일 파티가 열리는 집으로 몰려갔다. 누군가의 집에 초대를 받는 것은 어떤 기분일까, 어렸을 때 늘 그 기분이 궁금했다. 그런데 이제는 그 기분을 알 것 같았다. 특별한 대접을 받고 있는 듯한 느낌. "너는 나에게 귀한 존재야"라고 말하고 있는 듯한 느낌. 나는 가슴이 벅찼다. 그건 외로움이나 슬픔처럼 굳이 쪼갤 필요가 없는 감정이었다. 그 감동을 최대한 크게 부풀려서 만끽했다.

두 번째 감동은 시벨에게서 선물을 받았을 때였다. 학교가 끝나고 산으로 올라갔는데, 우리가 늘 만나는 장소에 시벨 대신 죽은 쥐 한 마리가 있었다. 시벨의 선물이었다. 고양이들은 가끔 죽은 쥐나 뱀, 참새 같은 먹이를 자기가 먹지 않고 주인에게 선물로 준다는 것을 어디선가 본 적이 있었다. 주위를 둘러봤다. 저 멀리 썩어서 쓰러진 나무 밑에서 시벨이 몸을 잔뜩 웅크린 채로 이곳을 응시하고 있는 게 보였다.

내가 태어나서 받은 첫 선물이 하필이면 죽은 쥐라니. 쥐는 산에 사는 고양이에게 귀한 먹이였다. 그 먹이를 선물로 준다는 게 어떤 의미인지 알 것 같았다. 그래서 시벨의 선물을 기꺼이 받기로 했다. 가방에서 종이를 꺼내 죽은 쥐를 집어 들었다. 차마 맨손으로 집을 용기는 나지 않았다.

죽은 쥐를 입에 넣는 척하다가 재빨리 종이로 쌌다. 입에 가득 넣고 씹어서 삼키는 과정까지 최선을 다해서 연기를 했다. 시벨은 내가 쥐를 다 먹은 것을 확인한 뒤 나무 밑에서 나왔다. 내게 걸어오는 시벨의 발걸음은 그 어느 때보다 당당했다.

선물에 대한 보답으로 나는 시벨에게 오래전부터 꿈꿔 왔던 내 계획을 말해 주었다. 비교적 사람이 없는 곳, 태고의 자연과 가장 가까운 곳으로 떠나는 계획 말이다. 그 계획은 아주 구체적이다. 이를테면 마다가스카르에 가서 여우원숭이를 만나 악수를 한 뒤에 키르기스스탄으로 가서 푸른 초원을 산책하기. 산책이 끝나면 인도로 넘어가 자이살메르 사막을 낙타를 타고 건너기. 모래가 지겨우면 몽골로 가서 초원에 누워 쏟아지는 별 받아먹기. 한평생 여행을 하고 난 뒤에는 알래스카로 가서 바닷속에 가라앉아 있는 보물선에서 황금 촛대를 찾아낸 뒤, 남태평양에 있는 작은 섬을 사서 그곳에서 죽을 때까지 살기.

나는 진심을 다해 물었다.

"어때? 같이 갈래?"

시벨은 동의한다는 표시로 내 손등을 핥았다.

나를 투명 인간 취급하던 아이들이 나에게 관심을 갖기 시작한 건 우리 반 단톡방에 사진 두 장이 올라오고 난 뒤부터였다. 단톡방은 담임이 공지사항을 전하거나 학교 행사가 있을 때 반 아이들과 소통을 하는 곳이었다. 담임이 지켜보고 있기 때문에 아이들은 사적인 대화를 나누지 않는다. 그런데 어느 날부터 빨간 숫자가 계속 올라갔다. 나는 단톡방을 거의 보지 않기 때문에 그곳에서 어떤 일이 벌어지고 있는지 몰랐다.

아침에 학교에 갔을 때 반 아이들 시선이 동시에 나에게 쏠렸다. 아이들 눈은 내가 교실 문을 들어서서 내 자리로 갈 때까지 집요하게 나를 쫓아왔다. 천만 볼트의 조명을 한 몸에 받고 있는 것처럼 온몸이 뜨거웠다. 애써 외면하려고 했지만 조회를 하러 들어온 담임의 눈빛까지 가세해 그 빛은 더는 견딜 수 없을 정도의 뜨거움으로 변했다. 드디어 투명 인간 놀이가 끝난 건가.

담임은 다짜고짜 단톡방에 쓸데없는 내용을 올리지 말라고 했지 않느냐며 짜증을 냈다. 아이들이 쓸데없는 일이 아니고 아주 중요한 일이라고 떠들어 댔다. 담임이 그게 뭐가 중요하느냐고 물었고, 아이들은 사기꾼이 우리 세금을 축내고 있는데 그걸 외면하면 정의로운 국민이 아니라고 대들었다.

담임과 아이들 사이의 설전이 좀처럼 가라앉을 기미가 보이지 않자 담임이 문득 내 이름을 불렀다.

"최찬구."

그 이름이 낯설어서 나는 아무 대답도 하지 않고 멀뚱멀뚱 담임을 쳐다보았다. 나는 어려서부터 최찬구라는 이름으로 불렸다. 쓰레기처럼 함부로 지어진 이름.

"지금 너 부르고 있잖아. 최찬구, 대답 안 하니?"

그제야 나는 기어드는 목소리로 간신히 대답했다.

"네."

"네가 하나만 확인해 줘야겠다. 단톡방에 올라온 사진 말이야."

담임이 더러운 쓰레기를 보는 듯한 눈빛으로 나를 봤다. 모든 선생이 나를 보던 눈빛과 너무 똑같아서 기시감마저 들었다. 나는 단톡방 내용을 확인하지 않았기 때문에 담임이 하는 말을 이해할 수 없었다.

담임이 계속 말했다.

"사진에 대해서 해명 좀 해 볼래? 네가 해명해야 이 소란이 가라앉을 거 같으니까."

수업 시간은 물론 조회나 종례 시간에 스마트폰을 보는 건 금지돼 있었다. 그러나 나에게는 조회 시간에 스마트폰을 봐도 좋다는 특혜가 주어졌다. 나는 스마트폰을 꺼내 단톡방에 들어갔다.

사진 두 장이 떠 있었고 사진 밑으로 끝도 없이 대화가 오갔다. 첫 번째 사진은 어느 지역의 5일장을 찍은 듯한 사진이었는데, 주변에 아파트가 늘어서 있고 그 가운데 넓은 도로가 있었다. 그 도로가에 차양이 쳐져 있었다.

두 번째 사진은 시장 안을 좀 더 확대해서 찍은 사진이었다. 차양 밑으로 좌판이 늘어서 있고 사람들이 바글바글했다. 그런데 사진 한가운데 수레에 배를 깔고 검은 고무다리를 한 장사꾼이 보였다. 나도 몇 번 시장에서 저런 장사꾼을 본 적이 있었다. 주로 수세미나 때수건, 비누, 좀약 등을 수레에 싣고 끌고 다니며 파는 장사꾼이었다. 그런데 장사꾼 얼굴이 낯익었다. 분명히 아는 사람이었다. 나는 코가 닿을 정도로 가까이 사진을 들여다보았다. 그건 바로 아빠였다.

아침마다 방문에 걸어 놓은 철봉에 턱걸이를 하며 성난 근육을 자랑하는 아빠는 배가 거의 땅에 닿을 듯 수레에 납작 엎드려서 위를 올려다보고 있었다. 손에는 보라색 플라스틱 슬리퍼를 신고 있었고 다리에는 검은 고무다리가 끼워져 있었다. 두 번 세 번 봐도 우리 아빠였다. 아빠는 식구들 앞에서는 한 번도 지어 본 적이 없는 한없이 처량하고 불쌍해 보이는 눈빛으로 사람들을 올려다봤다. 그러나 아빠를 보는 사람은 없었다. 사람들의 눈빛과 아빠의 눈빛에는 교차점이 없었다.

— 저 사람 임쓰 아빠 맞지?

— 확실해. 우리 아파트에 살아서 많이 봤어.

— 근데 왜 임쓰 아빠가 저기서 나와?

— 척 봐도 장애인 행세하는 거 맞네.

— 우왕 대박. 그럼 가짜 장애인이었어?

— 저 아저씨 우리 아파트에서 매일 보는데 완전 멀쩡해.

— 헐. 그럼 영구임대아파트 분양받은 것도 사기?

— 당근. 그동안 국가에서 어마어마한 혜택 받은 것도 사기지.

— 와, 임쓰. 이제 보니 저 집안은 존재 자체가 사기네.

— 임쓰가 누구야?

— 임대아파트 사는 쓰레기 몰라?

— 누군데?

— 난 알지롱.

— ㅊㅊㄱ

— ㅊㅊㄱ가 누구임?

— 병신. 우리 학교에서 너만 빼고 다 알거다.

단톡방은 시끄러웠지만 교실 안은 고요했다. 그러나 아이들이 단톡방에서 떠드는 소리가 육성으로 들렸다. 너무 시끄러워서 귀가 얼얼해질 지경이었다. 나는 뭐라도 말해야 했지만 아무 말도 생각나지 않았다. 몸이 자연발화 돼 정수리부터 타들어 가는 느낌이었다.

담임 목소리가 들려왔다.

"너희 아빠가 맞아?"

나도 궁금해서 미쳐 버릴 것만 같았다. 우리 아빠가 왜 거기서 나왔는지. 내가 우물쭈물거리고 있는 동안 구원처럼 조회가 끝나는 종이 울렸다.

산을 넘어올 때마다 시벨에게 물었다.

"우리는 이제 가족이지?"

산을 넘어갈 때마다 시벨이 대답했다.

야잇홍.

산을 넘어갈 때마다 시벨에게 말했다.

"가족은 죽을 때까지 함께 사는 거다."

산을 넘어올 때마다 시벨이 대답했다.

아얏웅.

식구들과의 마지막 식사 시간은 언제나 그렇듯 조용했다. 우리는 쓰레기 위에 밥상을 펴 놓고 다른 때와 다름없이 아침밥을 먹었다. 문밖에는 벌써부터 사람들이 와서 기다리고 있었다. 그들이 검은색 SUV에서 내려 현관으로 들어오는 것을 창문으로 내려다봤다. 머리부터 발끝까지 하얀 방진복을 입은 사람들은 유령 사냥꾼들 같았다.

밥을 다 먹고 나서 아빠가 한마디 했다.

"어떤 새끼가 찔렀는지 잡기만 하면 내가 죽여 버린다."

그렇게 말하면서도 아빠 얼굴에는 어떤 분노도 없이 고요했다. 엄마 얼굴도 이상하리만치 평온했다. 마치 이런 날이 올 것을 미리 알고 마음의 준비를 하고 있었던 사람들처럼.

우리에게 퇴거명령이 내려졌다. 처음 해당 기관으로부터 그 소식을 들었을 때 아빠와 엄마는 드디어 올 것이 왔다는 듯 담담했다. 원래부터 무표정이었던 언니도 마찬가지였다. 식구들을 이해할 수 없었다. 언제는 영원히 살 것처럼 말해 놓고선, 영원히가 되기도 전에 쫓겨나게 생겼는데 웬 고요와 평온?

해당 기관은 친절하게도 우리가 새로 집을 얻을 시간을 줬다. 그러나 아빠와 엄마는 집을 얻을 생각을 하지 않았다. 집 대신 직업을 얻으러 다녔다. 아빠는 통장에 있는 전 재산을 털어 트럭을 샀다. 트럭에 수세미와 좀약과 때수건 등을 가득 싣고 전국 오일장을 다니겠다고 했다. 이제 더는 잃을 것도 없으니 마음 놓고 '상업'을 하겠다며 당당하게 커밍아웃했다.

엄마는 요양병원에 간병인으로 들어가겠다고 했다. 간병인 일자리를 조선족들이 다 차지하고 있어서 비집고 들어가는 데 하늘의 별 따기만큼 어려웠다며, 힘이 좋으니 노인네들 병 수발쯤이야 식은 죽 먹기라고 했다.

언니는 혼자 사는 친구가 있는데 그 친구와 함께 살기로 했다고 했다. 그 말을 할 때 언니의 눈은 웃고 있었다. 이건 나만 아는 비밀인데, 밤에 전화로 속삭이는 소리를 들으니 함께 살기로 한 친구는 다름 아닌 언니 남친이었다.

문제는 나였다. 내 거취를 놓고 아빠와 엄마가 한동안 열띤 토론을 벌였다. 하지만 어떤 토론에도 결론이 나지 않았다. 혼자 살기에도 애매하고 누가 데리고 가기에는 더 애매했다. 갑자기 엄마가 마치 신대륙을 발견한 것 같은 얼굴로 소리쳤다.

"찬구는 할머니랑 살면 되겠네."

충청도 시골에서 혼자 살고 있는 할머니는 얼마 전부터 치매기가 있어 그렇지 않아도 돌봐 줄 누군가가 필요했다. 엄마는 내가 가서 할머니도 돌봐 주고 내 숙식도 해결되면 그거야말로 진정한 일석이조가 아니겠느냐며 좋아했다.

네 식구의 거취가 모두 결정됐다. 아빠는 3년 뒤에는 작은 방 한 칸이라도 얻어 우리 네 식구가 모여 살자며, 다시 만나는 그날까지 모두 건강하라고 아빠답지 않게 쓸데없는 말을 길게 했다.

아침 식사가 끝나자 하얀 옷의 유령 사냥꾼들이 들이닥쳤다. 그들은 신발을 신은 채 우리 집에 들어와 엄마가 평생 모아 둔 소중한 살림살이들을 마구 헤집어 놓았다. 2인 1조가 돼 한 사람이 삽으로 바닥을 팠고, 다른 한 사람이 파헤쳐진 쓰레기를 100리터짜리 쓰레기봉투에 담았다.

우리 식구는 딱히 할 일도 없었으므로 멀뚱히 서서 화석처럼 굳어진 쓰레기가 파헤쳐지는 장면을 구경했다.

중간쯤 팠을 때 초등학교 때 잃어버린 해바라기 머리핀이 나와서 재빨리 주웠다. 언니는 잃어버린 손지갑을 찾았다. 우리는 보물 찾기를 하듯 계속 잃어버린 물건을 찾았다. 아빠는 잃어버린

양말 한 짝을 찾아냈고 엄마는 쉴 새 없이 보물을 찾아냈다. 쓰레기를 삽으로 파고 있던 남자가 이제 그만 나가 달라고 정중하지만 단호하게 말했다.

우리는 아파트 광장에서 헤어졌다. 아빠는 트럭에 검은색 고무 다리와 잡동사니가 든 수레를 싣고 첫 번째 목적지인 밀양 오일장으로 떠났다. 엄마는 요양병원이 집 근처라서 걸어서 요양병원으로 갔다. 떠나기 전 엄마는 서운해 죽겠다면서 언니와 나를 한 번씩 안아 줬는데, 출렁이는 가슴살에 파묻혀 하마터면 숨이 막혀 죽을 뻔했다.

언니와 나는 버스를 타러 정류장으로 걸어갔다.

버스 정류장까지 왔을 때 지금까지 나를 투명 인간 취급하던 언니가 처음으로 말을 걸었다.

"너지?"

나는 영문을 몰라 붕어처럼 눈꺼풀을 껌벅거렸다. 언니가 한쪽 입꼬리를 살짝 올리며 비시시 웃었다.

"찌른 거 너잖아."

언니가 그냥 찔러 보는 건지 아니면 정확히 알고 그렇게 말하는 건지 알 수 없어서 나는 어떻게 대답을 해야 좋을지 몰라 머뭇거렸다.

"걱정하지 마. 죽을 때까지 비밀로 할 테니까."

언니가 씨익 웃었다. 웃는 얼굴이 너무나 예뻐서 저 사람이 우리 언니가 맞나 하는 생각까지 들 정도였다. 언니는 생전 처음 내 어깨도 톡톡 두드려 주며 말했다.

"잘 살아라, 내 동생."

언니마저 버스를 타고 떠나자 나는 진짜 혼자가 됐다.

나는 가상의 쓰레기집에 살다 이제 현실 세계로 탈출했다. 가상의 가족도 사라졌다. 나를 괴롭히는 적들이 있는 가상의 학교도 거짓말처럼 펑 하고 사라졌다.

나는 이제 현실 세계에 와 있다. 이곳에서는 모든 것을 내가 만들어 갈 것이다. 내가 사는 곳, 나와 함께 사는 가족, 내 친구들, 내가 가고 싶은 곳, 내가 부르고 싶은 이름.

그렇게 생각하니 믿을 수 없을 만큼 이 현실이 좋았다. 너무 행복해서 춤이라도 추고 싶은 심정이었다. 웃음을 참을 수가 없었다.

나는 곧바로 시벨이 기다리고 있는 산으로 올라갔다. 시벨은 언제나처럼 직각으로 세운 꼬리를 내 쪽으로 향한 채 걸어왔다. 나는 시벨의 등을 가만히 쓰다듬었다. 그르렁그르렁, 시벨이 쉴 새 없이 골골송을 불렀다. 나는 등걸에 걸터앉았다. 시벨이 내 무릎 위로 냉큼 올라와 작은 머리를 내 손에 부벼 댔다. 나는 시벨의 머리를 쓰다듬었다.

"나랑 같이 가자."

시벨이 고개를 들고 내 얼굴을 빤히 올려다봤다. 깊은 초록색 눈동자가 한없이 다정했다. 나는 배낭 지퍼를 열었다. 시벨이 순순히 배낭 안으로 들어갔다.

나는 배낭을 메고 산에서 내려왔다.

우리는 이제 한 번도 가 보지 않은 길을 가게 될 것이다. 어쩐지 설레는 기분이었다. 나는 이제야 삶을 알 것 같다. 지금, 여기 시벨과 함께 있는 이 시간. 이것이 내 삶이고 내 진실이다.

작가의 말

내가 사는 작은 시골 마을에는 길냥이 가족이 살고 있다. 노란색 치즈냥이, 검은색 점이 있는 얼룩냥이, 고등어 무늬가 있는 고등어냥이도 있다. 길냥이 가족은 엄밀히 말하면 집이 있다. 우리 윗집 할머니네 집 데크에 살림을 차렸기 때문이다. 그 할머니가 사료도 주고 작은 박스로 집도 마련해 주면서부터다. 그 집에 살면서도 그 아이들은 들로 산으로 쏘다니며 자유롭게 살고 있다.

할머니는 고양이들이 당신을 귀찮게 한다며 투정을 부리신다. 밭에서 일하고 있으면 자꾸 와서 만져 달라고 머리를 들이민다는 거다. 산에 도토리를 주우러 갈 때도 따라오고, 수돗가에서 배추를 씻을 때도 옆에 와서 가만히 지켜보고 있다고 했다. 나는 할머니의 투정을 들을 때마다 부러워서 미칠 지경이었다.

나도 고양이들과 친해지고 싶었다. 그러나 그 고양이들은 좀처럼 나한테 다가와 주지 않았다. 참치 캔이나 물에 소금기를 씻어 낸 멸치를 길냥이들이 잘 다니는 곳에 두었는데도 말이다. 나는 너를 해칠 생각이 전혀 없다는 뜻으로 다정한 목소리로 "야옹아"

하고 불러도 쌩 하고 찬바람을 일으키며 달아나 버린다.

고양이를 떠올리면 내 마음속에는 늘 신비로운 느낌이 따라온다. 고양이와 가까워진다는 건 어쩌면 고양이의 신비로움을 함께 공유하게 된다는 의미인지도 모르겠다. 그렇게 되면 어쩌면 나는 고양이를 통해 어떤 형식으로든 구원을 얻게 되지 않을까 하고 생각했다. 세상에서 가장 도도한 동물인 고양이에게 선택을 당했으니 내 자존감도 높아지지 않을까 하는 생각도 들었다. 내가 힘들 때 우리 동네 고양이들이 나에게 조용히 다가와 "너는 세상에서 가장 귀한 존재야. 내가 널 선택했으니까"라고 그 신비로운 눈빛으로 말해 주었으면 좋겠다.

한
정
영

돌아온 우리의 친구

한정영

『한국문학』 신인상을 수상하며 작품 활동을 시작했다. 「변신 2017-서울」로 어린이와 문학상 산문 부분을 수상했다. 지은 책으로 『나는 조선의 소년 비행사입니다』 『엘리자베스를 부탁해』 『바다로 간 소년』 등이 있다. 그 밖에 『굿모닝, 굿모닝?』은 초등학교 국어활동 교과서에 수록됐다.

1

대문을 열고 들어섰을 때, 루이가 저만치 앞에서 새침한 표정으로 이쪽을 바라보며 앉아 있었다.

"안녕, 루이!"

인사를 건네자 녀석은 기다렸다는 듯 정원을 가로지르는 징검돌을 밟으며 앞서 뛰어갔다. 그럴 때면 정말이지, 주인에게 길을 안내하는 강아지 같다는 생각이 들었다. 푸른빛이 감도는 짙은 회색 털의 루이는 걸음걸이마저 우아했고, 무엇보다 완벽하리만큼 잘생긴 외모가 돋보였다. 그 덕분에 누구에게 자랑해도 부끄럽지 않았다. 도아는 그런 녀석을 볼 때마다 데려오길 잘했다고 생각했다. 하긴 녀석을 데려오는 데 쏟은 정성이며, 가격이 얼만데!

그런데 열댓 걸음 앞서던 루이가 문득 멈추어 서서 바닥에 코를 박고 킁킁거렸다. 또 바닥을 파려는 듯—이런 특성이 캐양이가 고양이와 다른 점이라고 네오애니멀센터의 수석 매니저가 말했다—바닥을 여러 번 긁어 댔다. 아니, 그러는가 싶었는데, 무언가에 놀랐는지 갑자기 '하악' 소리를 냈다. 뒤미처 꼬리까지 바짝 세우고 땅 위로 용수철처럼 튀어 올랐다. 이어 녀석은 쏜살같이 달아나 현관 오른쪽 옆의 소나무 위로 올라갔다.

곧 루이는 보이지 않았다. 도아는 피식 웃었다. 캐양이의 돌발적인 행동이 저런 건가 싶었다. 그것도 녀석의 매력이었다. 수석 매니저는 "캐양이들은 강아지와 또 일부 다른 동물들의 유전자 배합으로 만들어진 상품이라, 때로는 아주 엉뚱한 행동을 해요. 그게 녀석들의 매력이기도 하죠!"라고 했다.

그래서 반 아이들 대부분은 캐양이를 키웠다. 개를 모체로 고양이의 유전자를, 또는 고양이를 모체로 개의 유전자를 배합한 상품을 모두 캐양이라고 불렀는데, 여기에 더하여—다양한 캐양이 개발에 참여했다는 수석 매니저의 말대로라면—주인이 원하는 성격을 갖도록 다양한 약물로 호르몬을 조절하여 성격을 통제하고……. 아무튼 캐양이는 그런 과정을 통해 개발된 개인 맞춤형 반려동물이었다. 흔히 PP(Personal Pet)라 불렀다.

도아는 공연히 씩 웃으면서 루이가 하악질을 했던 징검돌 앞에 이르렀다. 거기서 도아는 자신도 모르게 살짝 미간을 좁혔다. 낯선 비린내가 코끝에 스쳤기 때문이었다. 뭘까 싶어서 고개를 갸웃거리다가 바닥을 내려다보았는데…….

핏자국이 틀림없었다. 정원을 가로지르는 흰 징검돌 위에 크고 작은 붉은 점들이 선명하게 새겨져 있었다. 순간, 도아는 한발 뒤로 물러났다. 순식간에 입 안이 바싹 말랐다.

그것만이 아니었다. 바로 앞의 화단 경계석은 더 자잘하고 새빨간 파편들로 어지러웠다. 시선을 옮기자 또 다른 혈흔이 수선화의 연초록 이파리를 쓸며 지나간 흔적이 보였다. 한 송이의 희디흰 꽃잎 끝에는 한 방울의 피가 이슬처럼 맺혀 있었다.

헉!

도아는 이끌리듯 또 다른 핏자국을 찾았다. 한 걸음 옮길 때마다 입 안이 말랐고, 심장은 빠르게 뛰었다.

그런데 하필이면 이어진 핏자국이 화단을 오른쪽으로 휘돌아 도아의 방 창문 아래쪽으로 향해 있었다. 조심스럽게 한 걸음 한 걸음 다가갔다. 너무 주먹을 꽉 쥐는 바람에 손바닥이 아팠다. 지금이라도 소리쳐 아빠를 부르거나 돌아서야 하지 않을까 하는 생각이 스쳤다. 그런데 왠지 생각과는 달리 목소리는 나오지 않았고 걸음은 오히려 더 나아갔다.

그리고 마침내 창문 아래에 이른 순간, 도아는 아예 숨을 멈추어야 했다. 흰 벽 아래쪽이 핏물을 쏟은 듯 어지러웠다. 숨이 턱 막혀 뒷걸음질 쳤다. 몇 걸음 떨어지지 않은 풀숲 속에서 무언가 꿈틀거렸다. 연초록 철쭉 이파리가 빨갛게 물든 채 부산스럽게 흔들렸다.

그리고 그 풀숲에서 무언가 후드득 소리를 내며 뛰쳐나왔다. 흰 비둘기였다.

"아아아아!"

비명은 나오지 않고, 숨넘어갈 듯한 소리만 겨우 새어 나왔다.

비둘기는 목을 가누지 못했고, 한쪽 날개는 반쯤 뜯겨 나가 있었다. 온몸의 흰 깃털이 제가 흘린 피로 불그죽죽했다. 금방이라도 숨이 넘어갈 듯 보였다. 그럼에도 비둘기는 겅중거리듯 불안한 걸음걸이로 도아에게 다가왔다.

온몸이 오그라드는 느낌이었다. 도아는 두어 걸음 물러나다가 결국 제풀에 엉덩방아를 찧고 말았다. 피칠갑을 한 비둘기는 목을 떨어뜨린 채 조금씩 다가왔다. 놈의 뒤편 하늘에 핏빛 같은 석양이 짙게 드리워져 있었다.

2

두 번째는 쥐였다.

주말의 늦은 오후였고, 비가 내렸다. 해가 진 것도 아닌데 바깥이 어둑했다. 바람마저 불어 꽤 을씨년스러웠다. 도아는 주방에서 토스트를 굽고 있었다. 토스터에서 노릇노릇해진 식빵이 탁 튀어

올랐을 때, 마치 신호라도 되는 듯 엄마의 비명 소리가 들렸다.

"꺄아아아악!"

워낙 날카롭고 거센 소리에 도아는 막 집어 들었던 토스트를 떨어뜨리고 말았다. 동시에 모든 움직임을 멈추었다. 온몸의 털이 곤두섰고 다리가 후들거렸다. "왜 그래? 무슨 일이야?" 아빠가 소리치는가 싶더니 현관문이 거칠게 여닫혔다. 그와 함께 현관 쪽에서 부산한 소리가 들렸다.

도아는 아랫입술을 깨문 채 찬찬히 걸어가 현관문을 열었다. 두어 걸음 나섰을 때, 엄마가 정원으로 내려서는 계단에 주저앉은 채 이쪽을 보고 소리쳤다.

"안 돼! 도아야, 보지 마!"

그러나 이미 도아의 눈에는 계단 끝 두어 걸음 앞에서 꼬물대는 쥐 한 마리가 들어왔다. 놈은 피투성이가 되어 자빠진 채 파르르 떨고 있었다. 곧 숨이 넘어가려는지 몸 전체를 거칠게 들썩거렸다. 도아는 힘없이 그 자리에 주저앉았다. 엄마가 달려와 끌어안지 않았으면 넋 놓고 바라보았을지도 몰랐다.

열댓 번쯤 심호흡을 하고 나서야 비로소 거친 숨이 원래대로 돌아왔다. 그제야 도아는 엄마 품에서 고개를 빼꼼히 내밀었고, 마당에는 선홍색 핏자국만 남아 있었다. 쥐의 사체는 아빠가 처리한 모양이었지만, 방금 보았던 그림이 머릿속에서 지워지지 않았다.

더하여 꼭 사흘 전에, 결국은 목이 끊어져 발 앞에서 죽어간 비둘기가 생각났다. 그러자마자 다시 한번 온몸에 소름이 돋았다.

"도대체 누가 이런 짓을 한 거예요? 지난번에도 그렇고……."

엄마가 막 뒷마당 쪽에서 되돌아온 아빠에게 물었다.

"난들 알겠어? 도대체 어떤 고약한 놈이 이런 몹쓸 장난을 하는 거야?"

"경찰에 신고해야 하는 거 아니에요?"

엄마, 아빠의 목소리가 이명처럼 귓속에서 울렸다.

종일 뒤숭숭했다. 엄마는 문이란 문은 물론, 창문까지 꽉꽉 닫아걸었다. 그리고 아빠는 경찰서에 연락해서 집 주변의 CCTV를 확인해 달라고 부탁했다. 애초에는 쥐 한 마리 죽은 걸로 무슨 경찰에까지 신고를 하느냐며 질색했지만, 엄마가 벌써 두 번째 아니냐면서 거듭 아빠를 몰아세운 탓이었다.

그것도 모자라 아빠는 한 시간에 한 번 꼴로 담장 둘레를 돌았다. 물론 그것도 엄마가 "집 주변이라도 한번 돌아보고 와요"라고 부탁했기 때문이었다. 그럴 때마다 아빠는 마치 보고하듯이 "아직은 아무 일 없어!"라고 했다. 그 사이사이에는 경찰서에 거듭 전화해서 "어떻게 됐어요?"라고 반복해 물었다.

해 질 무렵이 되어서 경찰서에서 전화가 왔는데 전화받은 아빠는 "아무런 이상이 없다는데?"라고 했다. 엄마와 도아는 서로 얼굴을 쳐다본 다음, 다시 아빠를 바라보며 "정말로요?" 하고 물었다. 그러자 아빠는 어깨를 으쓱하면서 대답했다.

"응. 우리 집 부근 CCTV는 전부 확인했는데, 그 시간대에 주변을 얼씬거리는 사람은 보이지 않았대. 잠시만 기다려 봐. CCTV 화면을 전송해 준다고 했으니까 확인해 보면 되겠지."

아빠는 스마트폰을 거실 테이블에 내려놓고 기다렸다. 그러는 사이 엄마가 말했다.

"누군가 우리 집을 아주 잘 아는 사람이야. 그러니까 CCTV가 미치지 못하는 사각지대를 찾아 이런 해코지를 한 거지. 경찰의 말이 사실이라면 말이야."

"해코지라니? 도대체 우리한테 누가 그런 짓을 한단 말이야? 당신, 뭐 원한 살 일이라도 있었어? 도아는?"

"그런 일 없었어요. 내가 그런 사람으로 보여요?"

아빠의 물음에 엄마는 도리어 성을 내며 되물었고, 도아는 세차게 고개를 저어 댔다.

"우리가 너무 민감하게 반응하는 건지도 몰라. 어쩌다가 생긴 일일 거야. 살다 보면, 우리가 모르는 엉뚱한 일이 일어나기도 하잖아. 동네 말썽꾸러기들이 장난삼아서 그럴 수도 있는 거고……."

엄마를 안심시키려는 듯 아빠가 차분한 목소리로 말했다. 하지만 엄마는 더 민감하게 반응했다.

"며칠 전, 목 잘린 새는요? 애들이 그런 장난을 친다고요? 아무리 짓궂어도 그렇지. 어떻게 그런 험한 장난을……. 우리가 남들한테 그렇게 잘못하고 살았어요?"

"내 말은 그런 게 아니잖아."

도아는 딱히 보탤 말이 없었다.

어깨가 자꾸만 떨렸다. 비둘기가 죽은 날, 악몽을 꾸었다. 물론 어제도 새빨갛게 물든 비둘기가 꿈에서 날아다녔다. 깨어나서도 그 장면이 너무 생생하게 떠올라 공부도 제대로 할 수 없었고, 어디든 쳐다보기가 겁이 났다. 속이 울렁거렸고, 어깨가 떨렸으며, 머릿속이 복잡해졌다.

그때쯤, 아빠의 스마트폰에서 메시지 착신 벨이 울렸다. 아빠는 재빨리 스마트폰을 집어 들었고, 몇 번 조작한 다음 텔레비전을 켰다. 곧 동영상이 텔레비전을 통해 재생되기 시작했다. 도아는 침을 꿀꺽 삼키고 바라보았다.

텔레비전 속에서 집 앞 거리가 보였다. 몇 대의 자동차가 오갔고, 사람들이 무심하게 대문 앞을 스쳐 갔다. 바짝 긴장하고 쳐다보았지만 그뿐이었다. 삼십 분이 지나도록, 아니 한 시간 동안 같은 화면만 반복됐다. 누군가 대문을 엿보거나 담장 안을 기웃거리는 모습 같은 건 보이지 않았다.

"없어, 아무것도!"

아빠가 텔레비전에 시선을 고정한 채 말했다. 그 옆에서 엄마도 인상을 잔뜩 찌푸리고 있었다. 대꾸는 하지 않았다.

그런데 바로 그때였다.

"저, 저거 뭐야?"

도아는 아빠의 손가락이 가리키고 있는 모니터의 왼쪽 아래를 쳐다보았다. 고양이를 닮은 시커먼 것이 꼬물댔다. 곧 놈은 담장 위를 천천히 걸어서 화면 가운데 쪽으로 움직였다.

"루이?"

도아는 자신도 모르게 중얼거렸다.

"맞네! 루이 짓이네! 원래 고양이들은 사냥 본능이 남아 있잖아."

도아의 말을 받아 곧바로 아빠가 말했다.

"하지만 루이는 고양이가 아니라 캐양이예요. 그런 거 없다고 했어요!"

"그래도 바탕은 고양이잖아. 아무리 유전자를 편집했다고 해도 본성이 완전히 바뀔 수는 없어."

그 말에 도아는 멀뚱히 아빠의 얼굴만 쳐다보았다. 아빠가 억지를 부리는 듯한 느낌도 들었지만, 그 말이 전혀 틀린 것처럼 들리지 않아서였다.

"하지만……."

도아는 고개를 갸웃거렸다. 피투성이 비둘기를 처음 발견하던 날이 떠올랐다. 그날도 루이가 먼저 앞을 가로지르지 않았던가?

3

버스를 탔을 때, 네오애니멀센터에서 알림 문자가 도착했다.

— 고객님의 PP는 특별한 이상이 발견되지 않아 오늘 돌려드리겠습니다. 네오애니멀센터는 고객님들이 원하는 PP를 만들기 위해 최선의 노력을 다하고 있습니다. 맞춤 PP를 원하시면, 저희 네오애니멀센터를 이용해 주세요. 개와 고양이의 친인간적 유전자로 만든 캐양이가 여러분의 친구가 되어 하루의 즐거움을 더해 줄 것…….

광고가 줄줄이 이어지자 도아는 읽다가 말았다.

왠지 반가운 마음보다는 도리어 아쉬운 마음이 더 컸다. 차라리 이 기회에 새 제품을 받았으면, 하는 바람이 없지 않았기 때문이다. 하지만 어쩔 수 없었다.

도아는 버스에 올라 빈자리를 찾아 앉았다.

휴우!

긴 숨을 내쉬고 창밖으로 시선을 던졌다. 그때, 다시 한번 알림 문자가 도착했다. 이번에는 수석 매니저가 보낸 것이었다.

— 도아 양. 센터에서 보낸 메시지 받았지? 루이는 약물요법을 통해 본능 제어 훈련을 추가로 받았어. 루이에 대한 자세한 브리핑은 AS

요원이 해 주겠지만, 약물로 억제됐던 사냥 본능이 짝짓기 기간 중에 잠시 폭발적으로 증가했던 것으로 밝혀졌어. 아무튼 이제는 별일 없을 거야.

문득 열흘 전 쥐를 발견한 날이 생각났다. 그날 도아는 수석 매니저에게 전화를 걸어 상황을 설명하고 무슨 일이냐고 물었다. 그러자 그녀는 여전히 친절한 목소리로 대답했다.

"그건 아빠 말씀이 맞아. 물론 루이는 러시안블루를 모체로 했기 때문에 고양이의 본성을 가지고 있을 거야. 특히 러시안블루는 다른 어떤 고양이보다 야생 본능이 강하다고 알려져 있지. 무슨 일이 있었는지 모르지만, 고양이가 그랬던 것처럼 캐양이가 쥐를 잡는다는 건 자연스러운 행위야. 그래도 혹시 모르니까 루이를 대인행동 조절 프로그램을 통해 시험해 볼게. 며칠만 센터로 보내 줄 수 있지? 만약 불량 판정이 나면 다른 제품으로 보내 줄게."

그때 도아는 자신도 모르게 "정말 바꿔 주실 거예요?"라고 물었다. 새의 목을 부러뜨리고 쥐의 배를 갈라 놓은 흉폭한 놈을 곁에 두고 싶지는 않았다. 생각할수록 등골이 서늘했다.

어쨌든 도아의 질문에 수석 매니저는 "물론이야. 테스트를 해 봐야 알겠지만, 고객이 만족하지 못하는 제품은 곧바로 폐기하고, 새 제품으로 교환해 줄 거야. 믿지?"라고 대답했다.

도아는 대답하지는 않았지만 믿기로 했다.

수석 매니저를 처음 만난 건, 이전에 기르던 PP를 더 이상 기를 수 없게 되어 다시 네오애니멀센터를 찾았을 때였다.

"어머, 어떻게 하지? 이제 위니는 제품 수명이 다 됐어. 2044년까지인데, 고작 1년밖에 안 남았어. 애프터서비스 기간도 만료됐기 때문에 더는 해 줄 수 있는 게 없어. 보통 사람들은 제한 수명 전에 PP를 새것으로 바꾸지. 도아가 좀 늦은 케이스야. 음…… 다만 위니를 반납하면 보상 판매 차원에서 새 제품을 30퍼센트 할인해 줘."

위니는 도아가 5년이나 기르던 캐양이였다. 모체는 리트리버였고, 고양이와 다른 몇몇 동물의 유전자를 배합한 대형 PP였다. 그때만 해도 가장 인기 있는 PP였다. 수석 매니저는 위니의 머리를 쓰다듬으면서 말했다.

"요즘에는 유전자 변형 기술이 더 발전해서 너에게 꼭 맞는 PP를 주문할 수 있어"라든가 "요즘 학생들에게는 위니처럼 개를 모체로 하는 캐양이보다 고양이를 모체로 하는 캐양이가 더 인기거든. 존의 고양이처럼 털이 빠지는 일도 없고, 강아지처럼 꼬리도 흔들어. 주인에 대한 집중도를 강화하는 훈련도 마쳤어" 하는 말들을 하면서 새 제품들을 조곤조곤 안내했다.

수석 매니저는 아예 케이지 진열대에서 자라고 있는 새끼 캐양이들을 꺼내 보여 주기도 했다. 푸들처럼 곱슬곱슬한 털을 가진 흰색 캐양이는 고양이처럼 냐아옹 하고 울어서 조금 놀라긴 했다. 털색이 누렇고 꼬리가 동그랗게 말린 캐양이는 시바견이 모체라고 했는데, 개처럼 짖기도 했다. 얼굴은 영락없는 코리안 캣이었는데…….

도아는 그 자리에서 새로운 캐양이를 고른 다음 아빠를 졸랐다. 사실 위니를 데려온 지 7년이나 됐으니 질릴 때도 됐다. 다만 녀석이 워낙 잘 따라서 꾹 참고 버틴 것인데. 그러나 이제는 어쩔 수 없었다.

하지만 아빠는 선뜻 결정을 못 내렸고, 그 때문에 도아는 한 번 더 졸라 댔다.

"이제 위니는 제구실을 하지 못한단 말이에요."

사실 지난봄부터 그랬다. 위니는 자주 병에 걸렸다. 결막염이 걸려 오래도록 치료를 받았고, 이따금 토하기도 했다. 이전까지는 없던 일이었다. 아니, 그보다 더 끔찍했던 일은 무엇보다 급격히 털이 빠지기 시작했다는 것. 얼굴과 엉덩이 쪽이 특히 심해서 한 때는 꽤 예쁘던 얼굴이 초라하고 볼품없이 변했다. 윤기 나던 털은 빛을 잃었고, 만져도 더 이상 폭신하지 않았다. 리트리버의 모체를 기반으로 만들어진 캐양이라서 위니는 무엇보다 털이 생명이었으므로, PP로서의 수명은 다한 셈이었다. 주위 사람들은 유전자 변형의 부작용 때문이라고 했지만, 그런 게 중요한 건 아니었다. 지금은 어쨌든간에 쓸모가 없었다.

도아가 계속 졸라 대자, 아빠는 할 수 없다고 생각했는지 고개를 끄덕였다. 그때 데려온 녀석이 루이였고 불과 한 달 전의 일이었다.

루이는 인형 같았다. 머리끝부터 발끝까지 예쁘지 않은 데가 없었다. 사진을 어떻게 찍어도 예뻐서 친구들이 부러워했다. 거의 한 달째 밤마다 끌어안고 잤다.

그런데 놈이 새의 목을 부러뜨리고, 쥐의 배를…….

헉!

생각이 떠오르자마자 구역질이 나려 했다. 도아는 숨을 크게 내쉬면서 자신도 모르게 중얼거렸다.

"그래. 이젠 별일 없을 거야. 이상 없다잖아."

도아는 생각하면서 고개를 끄덕였다. 그러나 자꾸만 입 안이 썼다.

"그래도……."

자신도 모르게 고개를 저으면서 또 중얼거렸다. 도무지 자신의 마음을 알 수가 없었다.

그즈음 버스가 멈췄다.

도아는 버스에서 내려 야트막한 언덕길 위를 쳐다보았다. 비슷비슷한 집들이 층을 지어 반듯하게 늘어서 있었다. 그 집들 위로 땅거미가 내리고 있었다.

4

'잘못 본 걸까?'

누군가 뒤를 따르는 느낌이 들어 홱 돌아보았지만, 야트막한 언덕길 아래에는 아무도 없었다. 자동차 두 대가 비껴갈 수 있을 만한 너비의 골목길에는 못해도 30여 미터 간격으로 가로등이 내리비치고 있었다. 누군가 따라온다면 금방 눈치챌 수 있었다. 양편에 자동차가 늘어서 있어서 유심히 살폈지만 움직임은 없었다.

후우!

도아는 숨을 가다듬고 다시 걷기 시작했다. 그러다가 문득 소리 나게 중얼거렸다.

"루이, 이 새끼!"

갑작스레 짜증이 치밀어 올랐다. 그 조그만 놈 때문에 그토록 가슴 졸였다는 걸 생각하니 화가 났다. 지금 자신이 별일 아닌 것에도 귀를 쫑긋 세우는 게 모두 루이 때문이란 생각이 들었다.

물론 루이를 네오애니멀센터에 보낸 뒤로는 더 이상 '피를 보는 일'은 없었다. 하지만 어제까지만 해도 낯선 소리만 나면 화들짝 놀랐고, 빨간 손수건이 떨어진 것만 보아도 기겁을 했다.

그런 생각에 이르자, 새삼 수석 매니저에게 섭섭한 마음이 솟았다. 그런 끔찍한 짓을 한 녀석을 다시 집에 들이란 건가 싶었다.

도아는 수석 매니저에게 메시지를 보냈다.

— 아무리 생각해도 그런 끔찍한 짓을 한 PP를 되돌려 보내는 건 말이 안 돼요. 야생 본능이 제어가 안 되어서 발생한 일이라면 불량품이나 다름없잖아요. 교환해 줘야 하는 거 아닌가요?

그리고 도아는 다시 걸었다.

금방 올 줄 알았던 답장은 도아가 골목 사거리를 지날 때까지도 도착하지 않았다. 바로 거기서였다. 골목 사거리를 막 지나며 무심코 오른편 길 쪽을 쳐다보았는데, 저편에서 검은 그림자가 휙 지나갔다. 무얼까 싶어서 서너 걸음 되돌아와 유심히 살폈지만 아무것도 보이지 않았다.

몇 걸음 그쪽으로 나아가 보았다. 하지만 아무것도 보이지 않았다. 약간 왼편으로 휘우듬한 골목이어서 몇 걸음 더 안으로 들어가 보았지만 마찬가지였다. 그 안쪽은 가로등도 없어서 더는 나아갈 수 없었다.

도아는 골목 사거리로 되돌아와 다시 집 쪽을 향해 걷기 시작했다. 채 스물댓 걸음을 걷기도 전에 삼거리가 나왔다. 도아는 오른쪽으로 방향을 꺾었다.

바로 그 순간, 왼편 길 저쪽에서 이번에도 무언가 스윽 지나갔다.

하아!

도아는 안 되겠다 싶어 일단 뛰었다.

그런데 바로 다음 순간, 거친 발자국 소리가 들렸다. 틀림없이 왼쪽 길에서 이쪽으로 달려 내려오는 소리 같았다. 그 소리를 듣자마자 도아는 더 빨리 달렸다. 어느 정도 달렸다가 뒤를 돌아보았지만 뒤편에는 아무도 없었다. 오가는 사람 한둘만 보였다. 그들이 쫓아오고 있었던 것 같지는 않았다.

무서웠다.

도아는 쉬지 않고 뛰면서 엄마에게 전화를 걸었다.

"어, 엄마! 문 열어 줘! 어서, 문!"

"무슨 일이야? 어딘데?"

"어서 문 열어 줘. 누가 쫓아온단 말야!"

"도아야!"

엄마가 소리를 질렀지만, 도아는 대답하지 않고 달리기만 했다. 숨이 턱까지 차올랐지만 멈출 수가 없었다.

오래지 않아 집이 보였고, 마침 엄마가 문을 열고 나왔다.

"엄마!"

도아는 소리를 지르며 달려갔다. 놀란 엄마가 달려와 손을 마주 잡았다.

"도대체 무슨 일이야? 아무도 없는데……. 알았어. 어서 들어가자."

엄마는 길 아래쪽을 힐끗거리면서 말했다. 그리고 도아의 어깨를 감싸 안았다. 도아는 비로소 마음이 놓였다. 그때 문득 엄마가 문 앞에서 걸음을 멈추었다.

"이, 이게 뭐야?"

엄마는 대문 옆을 가리켰다. 거기에는 시커먼 무언가가 떨어져 있었다. 엄마가 그것을 집어 들었다. 뜻밖에도 옷이었다. 모자가 달린 후드티, 그것도 빨간색……. 순간, 도아는 침을 꿀꺽 삼켰다.

"엄마, 그거……."

"네 건데? 이게 왜?"

"이거 버린 거 아니었어?"

"응. 엊그제 못 입는 옷 정리해서 버리려고 창고에 넣어 놓았던 건데……."

엄마는 고개를 갸웃거리더니 재빨리 대문으로 들어갔다. 그리고 건물 옆으로 돌았다. 거기에 아빠가 대강 벽돌을 쌓고 지붕을 얹어 놓은 임시 창고가 있었다. 망가진 가전제품과 버리려고 쌓아 둔 책과 빈 박스도 한쪽에 쌓여 있었다.

엄마는 그 안으로 들어가 구석을 살폈다. 거기에 엄마가 버리기 위해 모아 둔 옷상자가 놓여 있었다. 엄마는 상자를 뒤지더니 말했다.

"틀림없이 여기에 놓아두었는데……."

엄마가 말을 채 마치지 못하고 도아를 쳐다보았다. 그 말을 들은 도아는 온몸이 파르르 떨렸다.

5

루이가 돌아온 지 열흘이 지났다.

네오애니멀센터에서 수리를 잘했는지, 놈은 이전보다 훨씬 예뻤다. 털에서 윤기가 흘렀고 더 애교스러워졌다. 캐양이였지만 고양이 같은 짓을 했고, 어떤 때는 강아지 같은 애교도 부렸다. 말귀를 잘 알아들었고 훨씬 잘 따랐다.

그럼에도 도아는 지난 일들이 떠올라 열하루가 지나서야 겨우 루이를 품에 안았다. 녀석은 앞발로 도아의 가슴을 톡톡 두드리더니, 뒤미처 머리를 들이밀어 비벼 댔다. 잠시 후에는 더 위로 기어올라 혀로 도아의 얼굴을 핥았다. 이전보다 훨씬 더 적극적으로 달려드는 모습이었다.

도아는 그런 채로 루이를 끌어안고 마당으로 나갔다.

"이제 좀 친해진 거야?"

마당에 펴 놓은 두 개의 파란 파라솔 아래서 차를 마시고 있던 엄마가 도아를 쳐다보며 말했다. 도아는 대답 없이 엄마 옆에 앉았다. 그러자마자 그 옆에서 골프채를 들고 허공에 스윙하던 아빠가 말했다.

"그래. 이젠 별일 없겠지."

도아는 습관처럼 고개를 끄덕이고, 루이를 땅바닥에 내려놓았다. 루이는 다른 데로 가지 않고 도아의 발아래를 서성거렸다.

"정말 괜찮은 거겠지?"

도아는 루이를 내려다보면서 중얼거렸다.

센터에서 되돌아온 첫날부터 루이는 도아에게 달려들었다. 하지만 그날은 물론 한동안 도아는 루이를 본 체도 하지 않았다. 놈이 그런 끔찍한 일을 저질렀을지도 모른다는 생각 때문이었다. 새와 쥐의 피 맛을 본 혓바닥으로 손을, 아니 얼굴을 핥으려고 달려드는 걸 볼 수가 없었다. 그 생각이 들 때마다 소름이 돋아서, 놈이 가까이 다가오려고 하면 방으로 달아나 문을 잠갔다.

도아는 한동안 혼란스러웠다.

— 센터 쪽에서도 주변의 CCTV를 통해 확인해 보았지만, 우리 PP가 새와 쥐를 죽였다는 증거는 나오지 않았어. 그래서 회사 방침상 제품 교환은 사실상 불가능해. 다만 CCTV 사각지대에서 발생한 일일 수도 있기 때문에 AS를 해 준 거야. 혹시라도 이후에 있을지 모를 불상사를 대비해야 하니까. 약물 주입을 통해 본능 억제 프로그램을 시행했으니까 이후에는 별일 없을 거야.

도아가 교환해 줘야 하는 거 아니냐고 문의했을 때, 수석 매니저 류가 보내온 답변이었다. 이 말이 사실이라면, 그래서 루이가 한 일이 아니라면, 도대체 누가? 정말 엄마의 말대로 누군가 해코지를 하려고……. 그러면 의문은 원점으로 돌아가야 했다. 하지만 도아는 더 깊게 생각하지 않기로 했다. 'CCTV 사각지대에서 발생한 일일 수도 있기 때문'이라는 말 때문이었다. 아빠도 아마 그랬을 거라고, 여러 번 반복해 말했다.

다만 중요한 것은, 어쨌든 놈이 돌아온 후 더 이상 그런 끔찍한 일이 일어나지는 않았다는 점이다. 물론 놈이 집으로 돌아온 날 빨간 옷이 집 밖에 나와 있고, 그 다음다음 날에는 도아의 오래 된 신발이 현관문 앞—하필이면 쥐가 죽었던 자리—에서 발견됐다. 또 이틀 뒤에는 도아가 초등학교 때 쓰고 다녔던 노란 우산이 창 아래—비둘기가 죽어 있던 자리—에 덩그러니 놓여 있었다. 천은 다 찢어지고 우산살만 남은 채로. 하지만 그런 일은 야생 본능이 아니니까…….

"그래. 루이가 네게 충성심을 표현하고 싶었던 거야. 사람의 손에 길들여진 동물들은 다 그런 거고."

아빠가 발밑을 내려다보더니 말했다. 그때 문득 스치는 생각이 있었다.

도아는 아빠가 서 있던 옆 땅바닥에 몇 개 굴러다니던 노란색 골프공을 집어 들었다. 그런 다음 그것을 옷에 닦고, 여전히 발밑에서 촐랑거리는 루이의 코에 들이댔다. 루이는 그것을 뺏으려고 입을 벌리고 앞발을 뻗었다.

하지만 도아는 골프공을 현관 쪽으로 던졌다. 그러자마자 루이가 그것을 잡으려 쏜살같이 달려갔다. 그런데 하필이면 골프

공은 땅바닥의 돌에 부딪혔는지 어느 곳에서 갑자기 방향이 바뀌어 서쪽 담장 쪽으로 굴러갔다. 루이는 그 공을 따라 정신없이 달려갔다.

도아는 자신도 모르게 미소를 지었다. '그래, 괜찮을 거야. 이제 아무 일도 없을 거야'라고 자신을 다독였다. 건물 모퉁이를 돌아 뛰어가는 루이를 보면서 자신을 위로했다. 공을 물고 돌아오면 한 번 더 안아 줘야겠다고 생각했다.

"자, 어서 내게로 달려와!"

도아는 자신도 모르게 그런 말까지 되뇌며 루이를 기다렸다.

……그런데 루이가 돌아오지 않았다. 얼추 시간이 지났는데도 루이는 나타나지 않았다. 잘 튀는 공이라 더 멀리 날아가거나 보이지 않는 곳에 떨어졌나 싶었다. 그래서 조금 더 기다리기로 했다.

하지만 그런 경우의 수를 모두 감안해도 루이는 모습을 드러내지 않았다. 도아는 자신도 모르게 일어났다.

"왜 그러니?"

루이가 뛰어간 담장 쪽으로 두어 걸음 나섰을 때, 아빠가 물었다.

바로 그때였다. 루이가 공을 못 찾나 봐요 하고 말을 꺼내려는데 저편에서 루이의 울음소리가 들렸다.

"꺄아아아옹!"

평소보다 조금 더 높은 톤이었다. 그 때문에 자신도 모르게 귀가 쫑긋 섰다. 아랫입술을 깨물며 얼결에 걸음을 재게 놀렸다. 그런데 순간, 기다렸다는 듯 루이의 울음소리가 한 번 더 들려왔다.

"꺄아앙!"

이번에는 짧았지만 더 격했다. 동시에 머리칼이 쭈뼛 서는 느낌이 들었고, 그 때문에 멈칫거렸다. 그래도 다행히 걸음은 앞으로 더 나아갔다.

도아는 모퉁이를 돌았다. 그러나 루이는 보이지 않았다. 잡풀 사이에도 감나무 뒤에도 마당에 징검돌을 깔고 남은 큰 돌멩이 사이에도 루이는 없었다. 도아는 두리번거렸지만 찾을 수가 없었다. 다만 그 돌멩이 사이에 골프공이 보였다.

"루이!"

도아는 골프공을 주워 들며 소리쳤다. 물론 루이의 대답은 없었다. 도아는 한 번 더 소리쳐 부르며 사방을 두리번거리다가 감나무 뒤편의 녹슨 철문이 반쯤 열린 것을 발견했다. 아빠가 집 뒤로 이어진 언덕으로 산책을 나갈 때 사용하는 문이었다.

도아는 이끌리듯 녹슨 철문 밖으로 나섰다. 먼저 키 작은 나무와 웃자란 풀들 사이로 난 오솔길을 쳐다보았다. 그리고 조심스레 그 길로 나섰다. 그러나 채 열댓 걸음 만에 멈춰 서고 말았다. 도아는 단 한걸음도 나아갈 수 없었다. 오른편 막 새잎이 돋아나기 시작한 개나리 울타리 너머에 루이가 피를 흘린 채 쓰러져 있었다.

6

"어으으……."

비명을 질러야겠는데, 입이 떨어지지 않았다. 도아는 겨우 한 걸음 뒤로 물러났다. 그것만이 전부였다. 도대체 누가 그런 걸까 라는 질문조차 할 수 없었고, 사방을 두리번거릴 기운도 없었다. 마침내 도아는 그 자리에 주저앉고 말았다.

바로 그때였다. 루이가 쓰러져 있는 개나리 울타리 너머에서 무언가 불쑥 고개를 내밀었다.

"헉!"

다시 한번 숨을 멈추었다. 갈색 털을 가진 개……, 아니 괴물이었다. 군데군데 털이 다 빠져서 가죽이 드러난 흉측한 얼굴에, 입가에는 피가 묻어 있었다. 놈이었다, 루이를 공격한 바로 그놈! 틀림없었다.

그런데 놈이 이편으로 다가오고 있었다. 루이는 앉은 채 뒤로 발버둥 치며 물러났다.

"저, 저리 가!"

가까스로 소리를 냈다. 하지만 놈은 도리어 반갑다는 듯이 꼬리를 흔들었다. 좋아서 어쩔 줄 모르겠다는 듯 연신 혀를 허공에 대고 날름거렸다. 놈이 조금 더 가까이 다가왔을 때, 도아는 놈의 정체를 알아차렸다.

"위, 미?"

그 말을 알아듣기라도 한 걸까. 위미는 더 세차게 꼬리를 흔들었다.

"너, 너야? 어떻게 네가……."

그럴 리가 없었다. 위미는 틀림없이 네오애니멀센터에 반납하지 않았던가. 털이 빠지고 병이 들어서 외모도 볼품없어진 데다가 노후 치료비도 많이 들 거라고 해서, 대신 루이를 데려오지 않았던가. 그런데 어떻게 위미가 여기에 있는 걸까.

놈의 시뻘건 주둥이를 확인하는 순간 지난 일들이 머릿속에서 빠르게 스쳐 지나갔다.

'너였어? 새와 쥐……. 내 오래된 물건을 찾아 꺼내 놓은 것도? ……왜?'

도아는 머릿속이 하얘졌다. 너무나 기가 막혀서 뒷걸음치는 것도 잊고 다가오는 위미만 쳐다보았다. 놈은 긴 혓바닥을 날름거리며 주둥이 주변의 핏자국을 연신 핥아 댔다. 얼굴은 이전보다 더 험하게 변해 있었다. 털은 더 빠진 듯했고, 무슨 일이 있었는지 왼쪽 이마에 시커먼 상처 자국이 나 있었다. 두 앞다리도 앙상한 가죽만 드러나 있었다.

"가까이 오지 마! 제발!"

도아는 자신도 모르게 소리쳤다. 하지만 이미 위미는 서너 걸음 앞까지 다가와 있었다. 그 앞에서 놈은 겅중겅중 뛰었다.

바로 그때였다.

"저리 가!"

뒤돌아보니 아빠가 골프채를 휘저으며 다가왔다. 바싹 다가왔던 위미가 주춤거리는 듯하더니, 아빠를 향해 짖기 시작했다.

"크르릉, 컹컹!"

앙칼졌고 야무졌다. 누런 이빨을 드러내며 짖는 위미의 눈빛에 적대감이 가득했다. 그래도 아빠가 휘두르는 골프채에 살짝 겁을 먹었는지 위미는 서너 걸음 뒤로 물러났다.

"저리 가지 못해! 도아야, 괜찮니? 어서 일어나!"

아빠가 한 손으로는 골프채를 휘두르며, 다른 한 손으로 도아를 일으켜 세웠다. 도아는 얼른 아빠의 손을 붙잡았다.

그 순간, 도아는 아빠의 손을 붙잡은 채 다시 넘어지고 말았다. 긴장한 탓에 도아가 지나치게 힘을 준 데다 아빠는 위미를 경계하느라 엉거주춤한 상태였기 때문이었다. 그 바람에 도아와 아빠는 오솔길 옆으로 뒹굴었다.

"컹!"

위미가 크게 울부짖는다 싶었는데, 정신을 차려 보니 어느새 위미가 아빠의 한쪽 팔을 붙잡고 늘어졌다.

"아악! 놔! 저리 가 버려!"

아빠가 소리를 질렀다. 하지만 위미는 물러나지 않았다. 아빠가 다른 한 손으로 놈의 얼굴을 거칠게 때렸지만 소용없었다.

"안 돼! 위미, 그러면 안 돼!"

이번에는 도아가 소리쳤다. 너무나 무서워서 차마 다가가지는 못했다. 그러나 위미는 그 소리마저 듣지 못하는 듯했다.

"아아아악!"

아빠는 더 크게 비명을 질렀다.

그런데 뜻밖의 일이 벌어졌다. 어디선가 아주 커다란 쟁반 모양의 은빛 드론이 날아 왔다. 드론은 곧 위미의 머리 위로 바싹 날아오더니 멈추었다. 잠깐 사이 드론에서 그물 같은 것이 툭 떨어졌다. 포획 그물이었다. 그것은 위미의 몸체를 감싸 안 듯 덮……어 버리는가 싶었는데 눈치를 챈 위미가 아빠의 팔을 놓더니 재빨리 피했다. 놈은 개나리 울타리를 훌쩍 뛰어넘었다. 뒤미처 오솔길 저편에서 회색 작업복에 노란색 조끼를 입은 사람 둘이 나타났다. 그들은 긴 막대처럼 생긴 총을 들어 위미를 향해 무언가를 수없이 쏘아 댔다. 슈슈슉 하는 소리가 연이어 들렸다.

아주 짧은 시간에 벌어진 모든 일이 꿈만 같았다. 도아는 감당하기 힘든 나머지, 잠깐 동안 정신을 놓고 말았다.

7

"정말 죄송합니다. 선생님 치료비는 물론, 이 일로 발생한 모든 피해에 대해서 보상하겠습니다. 또한 따님께는 새로운 PP를 무상으로 제공하겠습니다. 그러니 제발 이번 일에 대해서는…….”

“이런 일이 일어날 때까지 뭘 한 거예요?”

“저희도 최선을 다했습니다. 위미가 탈출한 것을 알고 GPS를 통해 계속 추적해 왔습니다. 그런데 위미의 귀에 이식된 송수신 장치에 이상이 생겼는지 녀석의 위치가 나타났다가 사라지기를 반복하더군요. 그래도 다행히 저희가 적당한 때에 와서…….”

“지금 그게 중요한 게 아니잖아요. 어떻게 PP가 사람을 공격할 수 있느냐 말이에요?”

“유전자 변형 및 배합 과정에 약간의 오류가 있었을 뿐입니다. PP 초기 모델이라 조금 더 오류가 심했습니다. 일종의 부작용이라 생각하시면 됩니다.”

눈을 떴을 때, 수석 매니저와 아빠의 목소리가 들렸다. 도아는 두리번거렸고, 자신이 안방 침대에 누워 있는 것을 확인하고 일단 안심했다. 그리고 가만히 긴 숨을 내쉬었다.

다시 바깥에서 소리가 들려왔다.

“부작용이라니요?”

“PP는 개인에게 특화된 상품입니다. 그래서 지목된 주인에게는 충성도가 극대화되면서 집착 현상을 보였고, 반면…….”

“말하자면 위미는 우리 도아에게만 충성하도록 만들어졌고, 나머지는 가족이라도 적대시할 수 있다는 뜻입니까? 위미가 비둘기를, 아니 루이까지 죽인 것도 그 때문이고요? 그래, 나한테 달려든 것도? 도아와 접촉하는 그 누구든?"

매니저 류의 말을 가로채고 아빠가 나섰다.

"아직 확실치는 않지만 그럴 개연성이 있습니다."

문득 도아의 머리에 스치는 것이 있었다.

그 언젠가 위미와 함께 산책을 나갔을 때, 둔치에서 비둘기 떼가 날아들어 놀란 적이 있었고, 한번은 마당에 쥐가 나타나 기겁을 하고 넘어져 무릎이 깨진 적이 있었다. 문 앞에서 발견된 빨간색 후드티는 중학생 때 가장 자주 입었던 옷이었다…….

'아, 위미는 그걸 다 기억하고 있었던 거야?'

도아는 침대에서 일어났다. 머리가 띵 했고, 심장이 다른 때보다 빨리 뛰었다. 밖에서 다시 말소리가 들려왔다.

"대체 당신들은 동물들에게 무슨 짓을 한 겁니까?"

아빠의 목소리가 높아졌다. 그에 비해 수석 매니저는 차분한 목소리로 대답했다.

"저희 회사는 고객들이 원하는 제품을 만들고 있을 뿐입니다."

"뭐라고요? 그 말은, 우리에게도 책임이 있다는 뜻입니까? 저런 괴물을 만들어 놓고 어떻게 그런 말을 할 수가 있어요?"

괴물.

도아는 아빠가 한 말을 곱씹었다. 그리고 깊이 숨을 들이쉰 다음 천천히 내뱉었다.

고개를 들어 물끄러미 창밖을 내다보았다. 어둡지는 않았지만, 창밖은 짙은 회색빛이었다. 시선을 조금 아래로 내리자 잎이 없는 나뭇가지가 눈에 들어왔다. 뒤미처 잔디가 깔린 정원……. 그런데 그때, 잠깐 눈을 깜박거리는 사이에 무언가가 창문 옆으로 휙 스쳐 지나갔다.

'설마!'

도아는 벌떡 일어났다. 창 쪽으로 다가갔다. 그러자 이번에는 무언가가 모퉁이를 돌아갔다.

'아니야! 그럴 리가 없어.'

도아는 머리를 세차게 흔들었다. 그러다가 문득 멈추고, 아빠가 했던 말을 다시 떠올렸다.

괴물?

도아는 고개를 젓으며 거실로 나갔다.

"괜찮니? 왜 나왔어. 더 누워 있지."

"어지럽지는 않아?"

엄마와 아빠가 번갈아 물었다. 도아는 아무런 대꾸도 없이 소파에 앉아 있는 수석 매니저에게 다가갔다.

"그래서 위미는 어디 있어요?"

"지금은 우리 회사 포획 팀이 쫓고 있어. 마취총을 세 발이나 맞았으니까, 곧 붙잡힐 거야."

수석 매니저는 말끝에 미소를 지었고, 고개를 끄덕였다. 자신

있다는 투였다.

그러나 그를 비웃기라도 하듯, 수석 매니저가 등지고 앉은 베란다 창 너머에 시커먼 그림자가 오른쪽에서 왼쪽으로 지나갔다. 그리고 잠깐 사이, 그 그림자는 창 정면으로 되돌아왔다. 그러더니, 붉은 주둥이를 창에 들이댔다. 앞발을 들어 유리를 긁어 댔다. 위미였다.

아니, 그것은 위미가 아니었다. 아빠 말대로 괴물이었다. 미치광이가 된 괴물.

도아는 그것을 손으로 가리켰다. 순간, 방 안에 있던 사람들이 일제히 그쪽을 쳐다보았고, 엄마는 비명을 질렀다.

"꺄아아악!"

그러나 도아는 가만히 서서 그것을 지켜보았다. 놈의 눈빛은 간절하게 도아를 원하고 있었다.

작가의 말

넌 아무 말 하지 않았지만, 어디에나 있었어. 내가 있는 그 어느 곳이라도. 내가 글을 쓸 때는 책상 밑에, 잠을 잘 때는 머리맡에, 밥을 먹을 때는 식탁 아래. 너를 잠깐씩 혼자 두긴 했지만, 적어도 너는 나를 홀로 남겨둔 적은 없었지. 언제든 기다렸고, 잠시도 떨어져 있지 않으려 했던 거 알아. 한결같아서, 처음부터 끝까지 너무나 똑같아서, 언제나 너는 그럴 거라 생각했어. 너도 틀림없이 외로울 때가 있었을 거고, 어디론가 떠나고 싶을 때도 있었을 거야. 난 왜 거기까지 생각하지 못했을까? 미안해.

2년 전, 너는 나를 남겨두고 떠났어. 더 이상 네가 없다는 사실을 받아들이기 어려웠지. 반려동물을 잃었다는 슬픔도 컸고, 과연 나는 너에게 좋은 반려인이었나 싶은 생각이 들었지. 네가 가고 나서야 '반려'란, 일방적으로 어느 한쪽의 필요를 충족시키기 위한 것이 아님을 새삼 깨달았지. 서로에게 '충분'해야 하며, 그것 자체가 약속이고 신뢰여야만 반려라고 말할 수 있을 거야.

지금도 가끔씩 네가 볕을 쬐던 베란다 한쪽을 바라보곤 해. 멍하니 창밖을 내다보던 모습도 머릿속에 생생하지. 아직도 거실 복도에는 바구니를 닮은 네 집이 그대로 있어. 어느 날은 그 집을 멍하니 쳐다보면서 너를 생각해. 그러다 얼굴이 잘 떠오르지 않으면, 스마트폰 바탕화면에 있는 너를 쳐다보곤 한단다. 반려의 약속을 다하지 못한 아쉬움 때문일 거야.

너와 함께했던 19년.

내 생에 가장 따뜻했던 시간이었을 거야. 넌 어땠니? 무지개다리 너머 그 세상에서 온화한 시간을 맞길 바랄게.

나의 첫 반려견이자 마지막 반려견인 캔디에게

2020년 따뜻한 봄, 한정영

왜 자꾸 나만 따라와

초판 1쇄 발행일 | 2020년 3월 20일
초판 3쇄 발행일 | 2020년 12월 17일

지은이 | 최영희 이희영 이송현 최양선 김학찬 김선희 한정영
펴낸이 | 정은영
편 집 | 김정택 최성휘 정사라
마케팅 | 이재욱 최금순 오세미 김하은
제 작 | 홍동근

펴낸곳 | (주)자음과모음
출판등록 | 2001년 11월 28일 제2001-000259호
주 소 | 04047 서울시 마포구 양화로6길 49
전 화 | 편집부 (02)324-2347, 경영지원부 (02)325-6047
팩 스 | 편집부 (02)324-2348, 경영지원부 (02)2648-1311
이메일 | jamoteen@jamobook.com
블로그 | blog.naver.com/jamogenius

ISBN 978-89-544-4232-9(43810)

이 도서의 국립중앙도서관 출판예정도서목록(CIP)은 서지정보유통지원시스템 홈페이지(http://seoji.nl.go.kr)와 국가자료공동목록시스템(http://www.nl.go.kr/kolisnet)에서 이용하실 수 있습니다.(CIP제어번호: CIP2020007906)